大河之上

DA HE
ZHI SHANG

顾维萍 著

北方联合出版传媒（集团）股份有限公司

春风文艺出版社

·沈阳·

图书在版编目（CIP）数据

大河之上 / 顾维萍著 . — 沈阳 ：春风文艺出版社，
2023.1

ISBN 978-7-5313-6274-6

Ⅰ . ①大… Ⅱ . ①顾… Ⅲ . ①长篇小说－中国－当代
Ⅳ . ① I247.5

中国版本图书馆 CIP 数据核字（2022）第 099746 号

北方联合出版传媒（集团）股份有限公司
春风文艺出版社出版发行
http://www.chunfengwenyi.com
沈阳市和平区十一纬路 25 号　　邮编：110003
成都市兴雅致印务有限责任公司印刷

责任编辑：韩　喆　　　　　　　　助理编辑：平青立
装帧设计：四川悟阅文化传播有限公司　责任校对：陈　杰
印刷统筹：刘　成　　　　　　　　　幅面尺寸：145mm×210mm
字　　数：170 千字　　　　　　　　印　　张：9
版　　次：2023 年 1 月第 1 版　　　印　　次：2023 年 1 月第 1 次
定　　价：68.00 元　　　　　　　　书　　号：ISBN 978-7-5313-6274-6

谨以此书献给生生不息的水乡，献给生我养我的村庄，献给我的祖辈父辈，献给曾经的自己……

目 录

序　幕

　　我在文化局待得时间太长了，沈局长说："顾科长，你也应该到下面挂职锻炼一下。"我听了，想，我一个农家子弟，还不了解农村吗？沈局长似乎看出了我的心思，说："你应该下基层走走，看看现在乡村的变化。"

　　晚上回到家，妻子说："你一个农村出来的人，还不了解农村吗？回去吃那个苦干什么？"我借着酒胆说："你不了解，现在的乡村别有风味，形势不一样了，我觉得还是下去走走，在基层可能会有意想不到的收获。"

　　妻子说："早出晚归，你能适应吗？"

　　我喝了一口水："你小瞧我了，我从小就能吃苦，再说挂职回来还能有个提升的机会。"

　　妻子笑了："你官瘾还不小，将近五十岁的人了，还想着提拔。"

我又喝了一口水:"人还是要有点虚荣心的,这有利于不断进步,等我挂职回来,提拔个副局那是水到渠成的事。"

可能我真的喝多了,我躺在老婆的怀里,做了一件水到渠成的事。

周一上午,沈局长亲自把我送到陶庄镇大顾庄,语重心长地说:"兄弟,你回到家乡,一定把家乡建设好,不然,我可帮不了你。"

我笑了:"我这是衣锦还乡啊,肯定回馈家乡父老,局长大人您放心。"

多年后再次回到大顾庄的我,站在水流湍急的车路河边上,凝视着一朵朵白色的浪花,思绪万千,不禁想起了这条河的前世今生,想起了堂兄顾坚多年前给我讲述过的有关车路河的故事。

我的家乡兴化属里下河地区,这里地势低洼,人称"锅底洼",经常遭受洪水的威胁,1931年发大水,好多人都爬到屋顶上,但还是淹死了许多人,哀鸿遍野,惨不忍睹,所以水利对兴化特别重要。

车路河是大顾庄北边的一条大河,自西向东流淌,有一百余里。这条大河的来历很稀奇:兴化东边离大海不远，很多年前，东海边的盐贩子用独轮车往兴化西乡运盐，在广袤平坦的荒滩上碾轧出一条凹陷的车辙，日久年深，辙成了沟，沟成了河。古代兴化有一个县官，因为非常喜欢吃鹅，嗓音好像鹅叫，大家就给他起了个诨名——张大鹅。这一年，他征调了十几万民工疏浚拓宽车路河道，本来是件功德无量的大好事，但张大鹅却"醉翁之意不在酒"，借口工程量大、费用多，对境内百姓横征暴敛，敲诈勒索。坐板凳要交板凳税，上锅台要交铜勺税，蹲茅厕要交茅厕税……对老百姓简直是风过刮皮、敲骨吸髓，弄得民不聊生，怨声载道。对挑河民工更是百般克扣，一天三顿稀饭稀薄得能照见人脸，几个粗粮馒头没有鸡蛋大，民工个个饿得面黄肌瘦，累死病死的不计其数。所造圩堤质量当然得不到保证，哪里能够抵挡洪水？如此劳民伤财的挑河工程把全县人拖进了痛苦不堪的深渊。车路河圩东有个叫"大顾"的村庄，庄上有几个英雄好汉站了出来，决定去京城告御状，把县官张大鹅拉下马，拯救水火之中的黎民百姓。

顾灿环承传祖上遗风，自幼饱读诗书，平时习文练武，最喜打抱不平，替人出头。他为人机警，口才极好，能把黑的说成白的，能把死的说成活的，能把软软的稻草说得笔直地竖起来，帮贫苦百姓代打官司，无往而不胜，因此赢得了"铁嘴铜牙"的名声。

到京城告御状是有风险的。虽然是举报腐败官员，为民伸张正义，但如果言语不慎，或者皇帝情绪不好，惹得龙颜大怒的话，很可能会枉送性命。几个英雄好汉义薄云天，争相要去，最后有一个兄弟想了个好主意，用来定夺人选。这天夜里，在村东的顾氏祠庙"忠孝堂"里，他们宰杀了一只大公鸡，剁成块，烧熟了端上桌子。几个人围桌而坐，吹熄蜡烛，黑暗中伸筷子，规定谁夹到鸡头，谁就赴京告状。两筷子下去，听见顾灿环沉着声说："兄弟们，怕是我夹到鸡头了。"点起蜡烛一看，果然不错。顾灿环回到家中，对夫人说："此去京城，恐凶多吉少。如果两个月之内不回，就找和尚为我超度吧，回来了就不谈。"

明人不做暗事，顾灿环专门去县城见了张大鹅。他对张大鹅说："你借挑河之名，行贪污之实，以致民不聊生，饿殍四野。如果不取消苛捐杂税，还百姓以安生日子，我就要去京城告你了！"张大鹅背着手，望着挂在屋檐下一排风干的咸鹅，轻蔑地说："你能告得动我，除非这些咸鹅集体叫三声！"顾灿环冷笑一声，拂袖而去。

兴化离京城何止千里之遥，关于顾灿环如何去的京城，民间传说有两个版本。一种是说顾灿环离开张大鹅家时，朔风骤起，彤云密集，纷纷扬扬下了一天鹅毛大雪。顾灿环来到兴化北门外海池河边的酒楼"海光阁"，切了三斤熟牛肉，喝了八碗大麦酒，往玄武台下面的假山洞里一钻，只一支蜡烛工夫，便到了京城。第二种说法是顾灿环出了张大鹅的府第之后，在漫天的大雪中快马加鞭，晓行夜宿，步步向北，半个月后抵达京城。

皇帝坐在龙椅上，问顾灿环："你有什么冤屈呀？"

"小民不是为自己的冤屈，而是为兴化全县百姓的冤屈。"

"此话怎讲？"

顾灿环便把县官张大鹅如何借挑车路河横征暴敛以致民不聊生、民怨沸腾的事情一一陈述出来，请求皇帝惩办贪官，还兴化百姓安乐太平。

皇帝听了，龙颜震怒。想不到他任命的官员里竟有如此贪婪腐败祸害百姓之徒。虽然顾灿环进京告状属为民请命且有理有据，可皇上对告御状这一套还是大为反感。皇帝板着面孔说："你如此胆大，在地方上肯定也是一霸了！"

"小民只霸浑水，不霸清水！"

"我看你是只尖嘴雁！"皇帝看他嘴尖牙利，好生不悦，嘲讽道。

"尖嘴雁归尖嘴雁，要淘清八百里河滩！"

"你真是个破锅腔！"皇帝讥笑他浑身是嘴，四处起烟。

"破锅腔归破锅腔，煮起饭来千里香！"

皇帝说不过他，只好下令法办张大鹅。

皇帝这边才下令，远在千里之外的张大鹅府中悬在屋檐下的那排咸鹅突然张开嘴"嘎！嘎！嘎"叫了三声。张大鹅听了，顿时魂飞魄散，瘫软在地，像一堆臭狗屎。

皇帝对顾灿环说："张犯天条，固然当斩；你以下犯上，也要治罪——罚你充军！"

"小民情愿充军，以抵冒犯之罪。"顾灿环磕头谢恩，"但有一事相求，请皇上恩准！"

"讲！"

"小民充军，走遍天下都不怕，但有三个地方却是断断不敢去的。"

"哪三个地方？"皇帝饶有兴致，问道。

"红茅舍不敢去。那里的狗子比驴子大，我怕被咬死了。"

"哦。"

"吴岔河不敢去。那里的蚊子有白母鸡大，我吃不消叮。"

"哦。"

"大顾庄我不敢去。那里的人凶恶，我怕被打死了。"

"哦。"

皇帝哈哈一乐，说道："其他地方都不去，就在这仨地方来回充军！"

顾灿环浑身颤抖，匍匐在地，磕头谢恩。可心里却乐开了花。原来，这红茅舍住着他的舅舅家，吴岔河住着他的丈母娘家，大顾庄正是他自己的家乡，三个地方不过在方圆几十里内。皇帝哪里晓得？只是一心要让这个胆敢告御状的刁民吃吃苦头罢了，想不到正中顾灿环下怀。

张大鹅被凌迟法办，兴化百姓的日子又太平了。顾灿环每日带着四个押解他的公人，在舅舅庄上、丈母娘庄上和自己庄上来回转悠，快乐似神仙……

车路河日夜不停地向东流淌，大顾庄上的故事还在继续……

第一章　我的祖辈父辈

1

某个星期天的晚上，我正在草垛边与顾坚、维宏、马锁、建国几个一起捉迷藏，种培气喘吁吁地跑来："老平，老平，你家里出事了，你爸爸被抬回家了。"我顾不得扒拉头上的草屑，大汗淋漓地跑回了家。

我家的草屋里挤满了人，我从人缝里钻进去，看到爸爸躺在地上，满脸通红，我哇的一声哭了！旁边的一个本家大伯，他粗糙的大手抹着我掉下的大颗大颗的泪珠，嘴里安慰道："不要哭，不要哭，没事的，你爸只是喝醉了酒，过一会儿就会醒的。"我果然不哭了，而且很快明显地闻到了一股刺鼻的酒气，透过泪眼，我才发现，母亲的脸上不是悲伤而是愤怒，满满的愤怒，平时一双漂亮的凤眼瞪得更大了，她默默地坐在凳子上一言不发。父亲的额上盖着一条白色的毛巾，上面的兰花图案已经不怎么鲜艳了，父亲的鼾声越来越大，他裸露的胸脯在水乡夏日的这个夜晚此起彼伏。

大顾庄是兴化县最大的自然村，1943 年实行"新乡制"时称为玉带村，因村内有一座砖头结构的"玉带桥"而定名。人民公社时期称大顾大队。村里北有羊港河直通车路河，南有小戴河、窑湾河，西靠幸福河，村里共有二十六个生产队，我父亲是我们七队的队长，七队的地理位置在庄子的东头，最大的一条通往外界的河"羊港"也在七队，庄上的卫生院和学校都在七队的地盘上，所以七队在全村的位置显得尤其重要。学校是一所完中，初中、高中都有，名称也很简单——兴化县大顾中学。父亲是接受了学校校长的邀请，喝醉的。平时家里没酒，从我有记忆起就没看到父亲在家喝过酒，即使来了重要的客人也没有酒喝，大多数家庭饭都吃不饱，喝酒就太奢侈了。

那天下午，已经接受了邀请的父亲，看看吃晚饭的时间还早，就顺便去学校的食堂转一转，看看晚上有哪些好菜。食堂的工友看到父亲，开起了玩笑："顾队长，听说你酒量大、饭量大，你如果把这一开水瓶酒喝了，把这个刚熟的猪头吃了，一切算我的。"父亲的目光一下子落在旁边方桌上的盆子里，那里一颗刚煮好的猪头散发着诱人的香气，父亲咂了一下嘴，喉咙里似乎发出了某种声响。几个人一起哄，有人想阻止，但已经迟了。我父亲提着装满大麦酒的开水瓶来到了学校的操场上，宴席还没有开始，但已经有不少人聚集在那里，那个食堂的工友无奈地端着那只装着猪头的塑料盆子，跟在父亲后面。父亲用食堂里印有"兴化县大顾中学"红字的搪瓷缸，快速地倒入酒，他先用鼻子狠狠地嗅了一下，脸上露出一股无法抑制的喜悦，然后呷了一口，从煮熟的猪头上撕下一块肉塞到嘴里，他坚硬的牙齿开始了工作，他的喉咙发出了吓人的声响，惹得旁边的人垂涎欲滴，仿佛喝酒吃猪头的不是我父亲，而是他们自己。两三瓷缸酒下肚，父亲的脸已经由红转白，额头上渗出了晶莹的汗珠，当他把最后一滴酒倒入口中的时候，同时塞进了猪头上剩下的两只黑眼珠。打赌结束，父亲还站起来在操场上走了一圈。当宴席正式开始，菜端上桌子的时候，大家已顾不上父亲，他们享受着难得的盛宴，直到宴席散了，有人才想起父亲，他们在学校的一块菜地上发现了他。那个工友的脸色变得比我父亲还白，他赔了六元钱，大半个月的工资，他狠狠地扇了自己两个耳光，后悔不已。

夜里，我被一阵声响弄醒，煤油灯下，父亲正在咕咚咕咚地喝着从水缸里舀来的水，我眼睛睁开了一下，又立即闭上了。

第二天一大早，父亲的大嗓门照样在七队的巷子里响起："上工了！上工了！"上工的时候，大家都像鸭子不赶不上架，收工的时候个个像兔子，一蹦就走。父亲喝下一开水瓶大麦酒和吃完一个猪头的事在整个大顾庄很快传开了，他们给父亲起了个绰号——"大嘴"，为这事，我与小狗子打了一架，我衣服上黑色的纽扣被扯去几个，脸上也留下了几道指印，当我闷闷不乐地回到家，一向温和的母亲把我狠狠骂了一顿，我气得几天没理我的父亲。

直到秋收季节，田里大忙，有一天半夜，我迷迷糊糊地被母亲叫醒，原来父亲开夜工和村民一起脱粒，加了餐，是一大碗白米饭，上面两片肥肉，父亲知道我从不吃肥肉，一吃就吐，母亲也不吃。父亲就一口把最上面的肥肉吃了，递给母亲，母亲象征性地扒了两口，就递给我。我揉着惺忪的睡眼，拿起筷子，就着红红的肉汤，一口气呼啦啦把一大碗米饭都吃了，倒下继续睡，母亲用毛巾擦着我的嘴说："小东西，擦擦嘴，不要把被脸儿弄脏了。"

2

就这样，在大顾庄，我成了"大嘴"的儿子，我的一个哥哥和两个姐姐也沾了光，谁让他们和我是亲兄弟姐妹呢！我在家最小，老小老小，所以大家都喜欢叫我的小名"老平"，可是对我来说，我觉得很丑，我是一个小孩，却在我的名字前面加了"老"字，这多少让我有点不好意思。哥哥说母亲发现怀上我的时候，忧心忡忡，她拼命干活，甚至还搬了石磙，企图把我打掉，可我就像一颗生命力旺盛的种子，顽强地占据着母亲的子宫。母亲逼着父亲带她去东台的医院流产，却因为月份过大，未能实施，无奈，母亲在四十三岁时意外地生下了我。生下我的时候，母亲不顾坐月子的禁忌，她哭了，她说："这么小的孩子，扶不到棺材摸不到盖，我恐怕难以把他抚养成人哪！"父亲很高兴，尽管有了一个儿子两个女儿，我的意外到来，还是让他兴奋不已。父亲说："你不要担心，儿孙自有儿孙福，每个人来到这个世界上，都有他的理由，一个人有一个人的雨露阳光，这是人丁兴旺的标志。"没有多少文化、作为一个农民的父亲，竟然说出了那么富于哲理的句子，我不知道，哥哥的转述里是不是加上了他的个人见解。哥哥比我整整大了二十岁。

母亲是地主家的女儿，虽然嫁给了我父亲这样一个老实巴交的农民，但仍然不改她身上大家闺秀的气质。在庄上人的眼里，母亲是很时髦的一个女子，她有着人们常说的瓜子脸，高高的个子，苗条的身材，脑后绾着一个髻，插着一根绿色玉簪，手里拎着一个小包，每天下午到别人家打牌，有时还抽烟。这些习惯当然是受我外公的影响。我没有见过我的外公外婆，他们在我还没出生的时候就已经去世，我甚至不知道他们的名字，我只知道外公和我母亲一样姓李，他是我母亲李金兰的父亲，这是一个事实，我只能在母亲的回忆中、在我的想象中走近我的外公。

外公是我们县里名人李春芳的后代。提起李春芳，大家都会想起许多与他有关的故事。李春芳是明朝的状元宰相，在兴化县城里有一座庙叫东岳庙，距今已有六百年的历史了，也是目前本地唯一保存完好的佛教场所。这个庙据说与李春芳有关。李春芳的母亲想去京城看看皇宫是什么样子，无奈路途遥远，实难成行。李相国非常孝顺，便下令在家乡建一宫殿，它的造型、构造都与皇宫相似，只是缩小了尺寸。这样，他的母亲无须长途跋涉，在家门口便能见到皇宫，而且能够长期住。宫殿建成，李相国算是尽了孝道。然而，天有不测风云。他的政敌给皇上奏本，说李春芳要谋反，皇宫都已经建好了。在这生死攸关的时候，李相国不愧为状元出身，灵机一动，下令将宫殿更名为东岳庙，突击塑起佛像，住进僧侣。朝廷派人来时，眼前已是香火不断，游人如织。从此以后，东岳庙便成了本地人求神拜佛、算命打卦、消愁解闷的所在。

外公作为李春芳的后代，是被从城里派到乡下去守田的。外公的父亲曾因做官被害，临死时告诫子孙，从此以后不得做官，所以外公跑到县城东一个叫焦家村的地方，那里有他祖上留下的三百亩良田，由于离城区较远，不太引人注意。外公带着外婆在那里定居下来，外婆一开始还不适应，后来有了我舅舅、姨娘和我母亲，外婆发现自己已经不适应城里的生活了，她已经习惯于对家里大小事务的管理，而我的外公整天吃喝玩乐，也渐渐忘了城里的一切，融入当地的乡绅之中。外公好赌，没事的时候就到戴窑陪着伪乡长赌钱，伪乡长多次劝外公进入政界，参与地方的管理，但外公就是不答应，他牢牢地记着父训，他父亲临死时的话一直刻在他的心上，成为覆盖在土里的永恒的悲痛。

外公与伪乡长唐井赌钱，总是输得多，赢得少，赢了钱就请客，没钱了，就把家里的良田变卖给伪乡长，这样外公的田就一部分输了，一部分变卖成了金条交给了外婆，作为儿子结婚的彩礼和女儿将来的陪嫁。到这时，外婆才有点明白了，她心中的怨气也渐渐消了，她把变卖的金子分成三份，藏起来，平时的生活不再张扬，好饭好菜都一家人关着门吃，来人到客不再摆排场，只烧些家常菜招待。就这样，不久土地改革开始了，外公最后只剩下两三亩田，被定为贫农，而与外公一起赌钱的伪乡长因为作恶再加上拥有几百亩田，立即被镇压了。

有时我问母亲："爸爸是你们家的长工，你长这么漂亮，怎么会嫁给他的？"母亲笑笑："小东西，你还小，这个你不懂，等将来你娶了媳妇就会明白了。""为什么要到那时候哇？我现在就想知道！"我缠着母亲。母亲叹了口气："我也不知道，是你外公决定的，你外公看上了你爸，可能你爸老实本分吧！"这个答案我并不满意。我又去问刚从打谷场上回来的父亲。父亲说："我喜欢你妈妈呀！""你喜欢妈妈，她就嫁给你啦？外公家有钱，你们家那么穷，她怎么看得上你的？""我人好哇，对你妈好哇，再说了，你外公外婆最后都是我养老送终的，你舅舅的老婆跑了，你姨娘又不问事，只有我对他们负责到底。你说得不错，我家是穷，那都是因为你爷爷死得早。"

3

前面我已经提到，父亲四十六岁那年，四十三岁的母亲生下了我，与我没有见过外公外婆一样，我也没有见过我的爷爷奶奶。我大哥也没见过爷爷，只见过奶奶，他是老大，是头胎，又是孙子，奶奶就格外地把他当宝贝。

隐约中曾经听父亲说过，家谱上有记载，我们的祖上是从缸顾迁过来的。父亲说："小时候，我还跟你爷爷一起去缸顾祭过祖呢，那里有一只大缸，里面能站好几个人呢！"我经常听父亲讲家谱里记载的故事。我们的祖先顾氏六三公为了躲避元兵的追杀，就是坐着那只大缸从江南漂到了江北，先居住在兴化西门城堡附近，祠堂建在龙津河畔，叫"龙津堂"。后来渐渐繁衍，人口众多，就迁了许多人到缸顾去，缸顾有一条河，叫武陵溪。有时我经常呆呆地想，一只大缸从江南漂到江北，究竟需要多长时间，除了风的力量，还有什么能使它向前走，也许还有外力的作用。果然，父亲说，缸的外面有许多小窟窿，是元兵射的箭留下的痕迹，可能是箭的力量吧。我为自己的问题有了答案而兴奋不已。

家谱我好多年之后才见过，那是清朝年间的版本，发黄的纸张记录着从六三公开始的顾氏在里下河水乡的生生不息，那里面的祭祖碑文、家支谱系、与当地名人的诗词唱和，无不显示着顾氏在水乡大地昔日的辉煌。据说家谱在"文革"期间差点付之一炬，幸亏庄人的保护，而保护家谱的人并不姓顾，他是我们大队里的一名会计。在"破四旧"的时候，在大队部的一大堆被收缴上来的物品中，他独具慧眼，发现了保存完好的顾氏族谱，趁没人的时候，那位令我们顾氏后人永远感激不尽的会计，用报纸悄悄地把家谱包好，交给顾氏的后人，他找来一堆无用的杂物和废旧报纸在盆子里留下了一摊灰，有人问家谱哪去了，会计指了指盆子里废旧报纸的余灰。这样我们珍贵的家谱才得以保存下来，后来有人问那位姓时的会计，为什么要帮顾家的忙？时会计笑笑说，我外婆也姓顾。

多年之后，一条大船把我的曾祖父们送到了这个离老家上百里的地方，也就是家谱中所说的"城郭东乡"，这里后来有了一个标志性的名字——"大顾庄"。大顾庄的人经常引以为豪的是：北有石家庄，南有大顾庄。他们只听说过石家庄的名字，而不知道石家庄是一个城市，是一个省会的名字。父亲说，爷爷去世得早，爷爷的死也很突然；哥哥说，连父亲自己也不明白，爷爷究竟是不是被人毒死的，那只能是一种怀疑。

有一天，庄上要集资修建一座庙宇。族长说，因为在家谱里有一段记载，我们的祖宗曾经遭到元兵追杀，后来逃到一个破庙里，情急之下，祖宗穿过蛛丝网躲在了神像后，奇怪的是，被穿破的蛛丝网片刻复原了，元兵追到破庙里一看，陈年的蛛丝网密密麻麻，完好无损，不像有人进来的样子，于是元兵就走了，这个破庙救了祖宗一命，后来就传下来，凡是有顾家后裔的地盘，都要修建庙宇一座，以报菩萨的救命之恩。族长要求爷爷出钱，爷爷就把从一家六口人的嘴上省下来的钱捐了。当时我姑姑刚出生，奶奶没有营养奶水不足，爷爷是个木瓦匠，靠给别人砌房子维持一家人的生活，爷爷的手艺很好，正在给一个财主家砌房子还没完工，爷爷指望靠工钱给奶奶补充营养，让姑姑喝到足够的母乳。就在爷爷交过了修建庙宇的集资款后，族长又找到爷爷，让他停下手上正给财主家干的活，去修庙，明确地说作为顾氏后代，是义务工，无偿的。爷爷看着嗷嗷待哺的姑姑，回了族长一句，等杨大户家的活干完再去修庙吧。族长不依，说，你这样大逆不道，必有恶报！奇怪的是没几天，爷爷在参加了族长召集的一次宴会后就七窍流血倒下了！族长在庄上说，这就是大不敬的恶果，菩萨的惩罚。爷爷丢下还没满月的女儿就离去了。伤心欲绝的奶奶，在月子里把眼睛都哭肿了。

十六岁的父亲，在邻居和本家族人的帮助下埋葬了他的父亲，家里的粮断了，弟兄三个看着母亲怀里的妹妹，抱头痛哭，但是他们很快明白哭是没用的。这时二叔出来说话了，他坚定地说，我们不能眼睁睁看着一家人活活饿死，我们要去寻找出路。大哥，你在家照顾妈妈和妹妹，我和老三出去当兵，我们会把军饷按时送回来维持家用。你是老大，要结婚成家，留住我们顾家的根。二叔与父亲是双胞胎，奶奶舍不得两个未成年的孩子，但待在家只有死路一条，当兵虽然有危险，但至少暂时可以多个活路，也没有别的选择了。奶奶把姑姑哄睡着了，拿出刚从邻居家借来的面粉，倒出瓶子里的最后一滴香油，在锅里摊了一个薄薄的面饼，然后分成两份，分别装在二叔和三叔简单的行李里。走到半路的二叔又折了回来，他偷偷地到厨房里，把自己的半块面饼又撕了一半留在了锅里，轻轻地盖上锅盖。

在一个风雪之夜，十六岁的二叔和十四岁的三叔离开了家乡，踏上了寻找军队的道路。第二天早上，起来准备烧米汤给姑姑喝的奶奶，揭开锅盖，看着留在锅里的一块面饼，她忍不住哽咽了，一声我的儿啊！泪水簌簌地滴落在那微黄的面饼上……

4

半年后传来消息，二叔参加了国民党的军队，三叔参加了共产党的军队，随着消息带来的还有二叔省下的军饷——六块大洋，这六块大洋让留在家里的一家三口恢复了生机，成了奶奶一家的救命钱。奶奶让父亲买了一头小猪，又买了几只小鸡，父亲开始给人家做工，后来终于辗转到母亲家，最后收获了他的婚姻，完成了顾家传宗接代的任务。

在父亲的话语里，二叔是一个顾家的人。有一次，听说二叔的军队开拔到了附近，父亲就去看了一下二叔。二叔已经是班长，他积攒的几块大洋前不久刚捎给了家里，这次大哥来看他，他觉得不能让大哥空手回去，于是就偷偷地脱下自己身上一套新的棉衣给他大哥我父亲带回了家。他虽然是老二，但他做的每一个决定都足以为顾家打开一个新的局面。二叔看到了当时国民党军队内部种种不如人意的地方，于是他和三叔约好，等与日本鬼子打完眼前的一仗，他就带着一个班的人去投奔三叔这边，可是就在那一晚，二叔在与日本人的激战中牺牲了，他与三叔的约定终究未能实现。听到消息的父亲，跑了几十里地，都没能找到二叔的尸体，父亲只能对着空旷的田野放声大哭，浩荡的里下河平原上，一股无边的悲伤，在冷风中飘荡。

三叔和二叔一样人高马大，聪明机灵，十四岁当兵，身经百战，却从没挂过彩。每次到三叔家吃饭，我最喜欢听他讲自己的战斗故事。三叔胆大机智，屡立战功，后来升为侦察排长。由于三叔身材魁梧，方面大耳，很有福相；在执行侦察任务时常常扮成商人，后面跟两个化装成伙计的战士。一次三叔到东台县城侦察敌情，傍晚时正准备出城归队，突然走过一个哨兵前来巡查盘问，眼看就要露馅，三叔手疾眼快连忙上去用胳膊夹住哨兵的脑袋溜进了一条长长的巷子，三叔边走边用手上的枣木烟斗敲打哨兵头部，本来想敲昏了扔掉脱身，不想一条巷子没走到头发现哨兵不挣扎了，原来被他连夹带敲已断了气。

三叔的天生神力是有名的。难怪有人说：顾进魁江湖草莽习气重，生性豪迈，有水浒英雄风范。

1949年10月以后，部队安排我三叔到军校学习深造。他是身经百战立功无数的指挥员，上级要重点培养他。想不到他坚决拒绝了。领导非常惊讶，问他为什么。三叔说，我出生在贫苦农家，打小没念过书，这时送我去念大学不是拿我开玩笑吗？我当初参加革命就是为了日后安安稳稳地有地种，我要回去种田。三叔还说，我已经三十二了，必须回去找个婆娘了，不给顾家续下香火，我那老娘死都不得闭眼。三叔的话很快遭到领导的批评，说他目光短浅，小农意识。领导说，上学不识字不要紧，有专门的教员教你这样的学生，你要回去种地纯属瞎胡闹，乱弹琴，你将来的工作是研究军事和管理部队，你是要做更高级的领导的。领导还说，你三十二怎么啦，比你大的还有呢，上级负责给你找爱人……可是三叔还是不愿意，他要退伍回家。首长没办法，只好按照规定，给了他一些钱和几十担粮食，算是安置费，就这样三叔高高兴兴地回到了故乡——大顾庄这个偏僻又古老的村庄。

三叔回家后整天无所事事，农闲时就召集了一帮人在家赌钱，结果坐吃山空，再加上赌博输了，三叔交给父亲保管的那些钱所剩无几。在父亲的再三催促下，他用剩下的不多的钱娶回了老婆——一个哑巴姑娘。三十二岁的光棍，不会干农活又没手艺，谁家姑娘肯嫁给他，可三叔不在乎，和哑巴婶娘结了婚，很快就生下了我堂哥维江，堂哥出生不足周岁，我那盼儿归来瞎了眼睛的奶奶终于安详地离开了人世。

三叔十四岁参加革命，在部队十八年，打仗杀敌他是行家里手，干农活却不是个好把式，又不会什么手艺，眼看着儿子女儿一下子生了四个，生活开始窘迫。三叔便找到庄上的大队干部，大队干部知道三叔立了不少的功，尽管三叔的那些军功章被我堂哥玩得不知去向，但大队干部对三叔还是充满了敬畏，他们就安排了个摆渡的差事给三叔，这样三叔就能多少挣一些钱。渡口就在三叔的屋后，一条宽阔的北大河，这边是庄子，那边是农田和散落的人家，三叔摆渡不摇橹不打桨不撑篙，十几丈的河面两头各打一根桩，系上一条粗粗的麻绳，人站在船头上用手拽着行，没有力气和技巧的人根本没法行驶，因为麻绳是软的，劲一偏人就下水了。三叔三拽两拉的船就到了对岸，不管船上蹲几个人，三叔都能安全地把他们送到对岸。

和父亲一样，三叔喜欢喝酒，酒量很大。没有下酒菜三叔就拎把鱼叉出去，到河边上转上一圈。他似乎识鱼性，有一双锐利的"鱼眼"，鱼躲在水中什么地方，一般人看不见，但他似乎看得见，而且叉法极准，就跟使驳壳枪一样，叉飞鱼中，哪怕鱼在几丈外的河中心。三叔这辈子不知吃了多少条鱼，那鱼就像养在他家水缸里似的，想吃就抓上一条，我们家也经常吃到三叔送来的鱼。冬天的时候，三叔用自制的夹子捉黄鼠狼，皮能卖钱，肉上抹点盐挂在门口风干一下，成为年三十晚上的一道香味扑鼻的大菜。

几年后，三叔的战友有做了高官的，有的是三叔在其身边当过警卫员，有人就劝三叔去找这些人，上面肯定会给他落实个说法，甚至给他带来意想不到的好处。三叔说，去干啥，我是自己要回家的，我不好意思向部队和战友伸手，我又不是不能生活，我在农村自在得很。多年来，三叔就那么心安理得地过着贫穷而自由的日子。

可是共和国并没有忘记他。改革开放后，部队找到他，给他落实了相应政策，每月有几百块钱工资。三叔非常高兴，说共产党是不忘功臣的，跟着共产党是不会错的，共产党万岁！

夏天乘凉，我看见三叔，他的胸口与其他人不同，长满了黑毛，就问他："三叔，你心口长了这么多毛，是不是像庄上人说的，打仗时吃了人心？"三叔朝我一瞪眼："小孩子家，别听他们瞎说，没有的事，你三叔会做那样的事吗？"从此以后，我就没敢问过三叔这个问题，不过每次看到他的胸口，我的疑问就像那些茂密的胸毛一样杂乱无章地蓬勃生长。

5

八九岁的我们最爱看的就是打仗的电影。什么《奇袭白虎团》《渡江侦察记》《上甘岭》《闪闪的红星》……最为壮观的一个场面就是随着号兵"嘀嘀嗒嗒嘀嘀嗒"的冲锋号一响，我们的大部队就发起总攻，战士们如潮水般扑向敌人的阵地——"冲啊！""杀呀！"敌人溃不成军，纷纷举手投降。每次看到这情景，看电影的孩子们就会放开嗓子拼命呐喊欢呼，感到浑身充满力量，激动不已。

吹号手一手叉腰，一手握着古铜色的军号，红色的飘带在风中飘扬，那神气，令我们羡慕不已，成了我们心目中的偶像。

庄上像三叔一样当过兵的不少，有打仗中失去双腿的，有解放兴化城在爬城墙时被敌人剁去双手的，有被大炮震聋耳朵失去听力的，还有双目失明的，但像三叔那样身经百战，毛都没少一根的也有。我们庄上有一个吹号兵，叫顾进生，是我小学同学维付的父亲，也是我的本家叔叔。

平时我们去维付家玩，看到他家房内的床头上挂着一把铜号，已经上了一点铜锈，色调有点暗。我们趁他家里没有大人的时候，就从墙上拿下来试一试吹一吹，可是我们使出了九牛二虎之力也吹不响，我们就让存山吹，存山是我们当中年纪稍大一些的，只见他两只手拿起军号鼓起腮帮，使出全身的力气用力一吹，号没响，噗的一声一个响屁从他的裤裆传出，存山的脸立即变得通红。大队里有什么重要的事情或者开大会什么的，总要请顾进生爬上高处吹一通号。激越的号声像一声呼唤，一道命令，听到的人很快聚集到大顾小学的大操场上。

你别小看我们大顾小学的操场，这里留下了许多英雄的足迹，本县许多重要的会议和活动都曾经在这里举行。我翻开几年前镇里编的《大顾庄庄志》，看到里面记载了许多大事。

总之，与大顾小学有关的事情很多，大顾小学是我们庄上人心目中的圣地。

有时维付把他父亲的军号偷出来，带领我们一起"打仗"，维付有一点会吹，能吹响，但时间不长，也不成曲调，但这就够了，听到号声，我们就像电影里的战士一样，一起向前方的某个土堆冲去，很快地占领阵地。

有一次，维付正在给我们显摆，他已经能吹"嗒嗒嘀嘀嗒"了，刚吹了两遍，我们正沉浸在号声中的时候，顾进生赶来了，维付吓得要死，他父亲一把夺过军号，你个臭小子，不好好学习，偷我的军号，他一巴掌把维付打倒在地上，维付连哭都不敢哭。维付知道，军号是他父亲的宝贝，平时就挂在他的床头上，有时候父亲还把军号抱在怀里睡觉。作为儿子，维付感到自己还不如军号在父亲心目中的地位高。

顾进生脾气大、性子急是有名的，有人给他起了个诨名叫"老急暴"，他老婆大家喊她"罐子"，"罐子"非常怕他，一不小心就挨打，他的两个儿子也经常被他打，但两个女儿他却从来不打。他脾气虽急但为人却直率、厚道，很讲义气，邻居乡亲有什么难事，只要他看到了，都会主动去帮忙，在庄上是个出了名的热心人。

有一天，我在外面和小伙伴们一起玩完抓特务的游戏回家，经过维付家时，发现他家院子里挤了不少人，屋里不时传来女人哀伤的哭声。站在门口一问，原来"老急暴"死了，死在茅厕的粪水中。有人怀疑是肚里多日没有油水，解大便解不下来，用了劲，诱发了脑出血或心脏病，人往后一仰，跌倒在粪坑里，直到有人上茅厕才被发现，可心脏早已停止了跳动。

我不能接受这个事实，一个威武雄壮的吹号兵，竟然就这样结束了他的生命，看着维付哭得伤心的样子，我小小的心灵充溢着一股说不出的悲伤。

回到大顾庄挂职的第一天，我去看望了三叔，三叔已经九十八岁了，但精神矍铄，每天下午还陪人下象棋，家里一张麻将桌子，偶尔有人来打麻将。三叔高兴地说："今年是抗日战争胜利七十周年，国家发了一枚纪念章还有八千元慰问金，党和国家还是没有忘记我们哪。"三叔唯一不开心的事，就是当年没有给堂哥维江找一个媳妇，至今落得堂哥还是单身，他觉得对不起自己的大儿子。

第二章 哥哥的婚事

1

哥哥高中毕业的时候，我正好出生，哥哥结婚的时候，我才五岁。哥哥个子高高的，遗传了我母亲的优点，加上哥哥是当时庄上唯一考上高中的，又去过首都北京，是庄上见过世面的小伙子。

哥哥本来是要去参军的，因为哥哥是参军人员当中唯一的高中生，所以深得带兵军官的喜爱，在新兵时，哥哥就被临时指定为新兵排排长，此时的哥哥踌躇满志，以为此去前途一片光明！父亲甚至杀了家里唯一的一头猪请客为哥哥送行。可是几天后，哥哥被摘下大红花悄悄地回到了家。有人举报，我二叔是国民党的老兵，逃到台湾去了。我父亲立即找到部队的带兵军官，解释道："我二弟抗日战争时就死了！根本没到什么台湾。""那你有阵亡通知书吗？"军官问。父亲摇摇头："兵荒马乱的，哪有什么阵亡通知书，连尸首都没收到。"带兵军官爱莫能助地和父亲一样摇摇头："我们也没有办法！"

哥哥回到家后，天天闷在家如大家闺秀一般不出门。父亲害怕了，他问母亲："怎么办？"母亲说："给他找个对象，结婚！"听说要给他找对象结婚，哥哥急了，其实他心目中早已有了自己心仪的姑娘，他们在高中的时候就互有好感，心有灵犀，但还没到谈婚论嫁那步。那个姑娘是城里的，她听说了哥哥参军失败的事，本来是来安慰哥哥的，结果无意中听到了我父母的谈话，她不顾姑娘的羞涩，对哥哥说："我愿意嫁给你。"哥哥说："我家很穷，你也看到了，就这三间破草屋，还有两个妹妹一个弟弟，你嫁过来要吃很多苦的。"可是那时候的爱情就是那么简单，姑娘说："我不怕苦，也不嫌你家穷，我只要和你在一起！"这句话感动了哥哥。哥哥很快从未能顺利参军的阴影中振作了起来，在村西口的轮船码头上，哥哥紧紧握住了姑娘的手："英子，你先回去，我说服了我父母，就去找你！"姑娘不顾别人的眼神，一下子扑在了哥哥怀里："你放心，过几天我还会来看你！"轮船缓缓驶离岸边，泪水打湿了哥哥男子汉的双眼，他在岸边站了很久，直到夕阳的余晖洒在他孤独的影子上，父亲把他找回了家。

父亲的心软了，心想，算了吧，就随他们自己吧，又是长子，如果他想不开，有个三长两短，家里就遭殃了，庄上不是没有逼婚自杀的例子，我们顾家不能发生这样的不幸，父亲准备在哥哥面前屈服了。但是母亲不同意，她觉得哥哥的恋爱就是两个小孩间的一时冲动，一个城里的，城市户口，有工作；一个农村的，农民家的，家里又穷，将来怎么生活在一起？婚姻大事是要讲究门当户对的。父亲在母亲面前冒出了一句："我们当初也不是门当户对呀，不是也一直过到现在。"母亲的怒火腾的一下上来了："你还好意思说，我自从嫁给你就没过过什么好日子，为你们顾家操碎了心，吃了多少苦，不是我心好，早不跟你过了。我嫂子不是跟人跑了吗？"母亲说的她嫂子就是我舅妈，舅妈用光了舅舅的积蓄，忍受不了苦日子，溜到江南去，重新嫁了人，我舅舅从此吃斋念佛，一个人过上了清心寡欲的日子。在我的印象中舅舅来过我们家几次，他剃着光头——我们俗称的"和尚头"，到我家只吃豆腐、百叶和青菜，荤菜一律不碰，吃过的碗筷洗干净要放在旁边留着下顿吃，不至于混了。舅舅到来的日子，就是我们开心的节日，他总能变戏法似的变出一些我们平时难得吃到的东西，不是一两个苹果就是几个橘子，有时还有几根麻花或馃子，这些我们过年都不大吃到的东西，不知道舅舅为什么能有。父母在哥哥婚姻上的分歧最后还是以母亲的胜利告终，他们开始托人给哥哥介绍对象，三姨娘六舅母的，左邻右舍的，一起发动，哥哥一下子陷入了相亲的旋涡。

2

来我们家相亲的不少，我那时还不太懂结婚的事，但我高兴，因为哥哥相亲，来我家的人陡然比平时多了许多。而来人就少不了简单地弄点瓜子呀、花生啊等吃的东西，客人走后，我自然会沾光，尽管母亲要收起一部分留着下次待客，但也会留几颗花生或一把瓜子给我，姐姐们是沾不上边的，谁让我最小呢！

庄上人给哥哥介绍了好多女孩，哥哥就是不满意，他又怎么会满意呢，他的高中女同学在等着他呢，他怕父母伤心，所以装作听话的样子，积极参与到相亲之中。前面我说过，我哥哥还是遗传了我母亲的优点，长得一表人才。再加上我父亲已经做了几年生产队长，虽不是什么官，但在出工工分的安排上还是有一点权力的，队里都是按工分给钱的，年终每家的工分减去一年该扣除的上缴，剩下的按照工分的单价计算一个家庭能分到多少钱。有的人家扣了往来款或欠款，甚至分不到钱，只好留到下一年再扣，从公家借点钱回家过年。哥哥相亲的结果是，有好多女孩看上了哥哥，可是哥哥看不上她们，哥哥不同意。连小小的我都觉得有几个女孩不错，她们梳着长长的辫子，鹅蛋脸，笑起来嘴唇红红的，特别是那落在我哥哥身上的眼神，比我看到爱吃的东西的时候还要专注，我也搞不懂哥哥究竟想什么，我恨不得自己快快长大，也能相亲，找其中一个女孩做自己的新娘。

在我们家什么事都瞒不过母亲，母亲有时不说破，但她明白，她一眼就看穿了哥哥的心事。这样下去不是个事，母亲对父亲说。于是他们梳理了一下，在相亲的女孩中有没有适合做自己的儿媳妇的，按照他们传统的标准，在农村，女孩要能干活，能吃苦，人老实本分，作风正派，通情达理，娶回来婆媳关系好处的，母亲似乎想得很周全，但她也知道人无完人，人品一下子是看不出来的，只能从左邻右舍那里打听，于是母亲从已经参与过相亲的女孩里面挑选了两家条件稍好的，开始了走访工作，我们庄上叫访亲。母亲很有耐心，她拎着一只黑色的小手提包出发了。不过母亲这次不是去打牌，母亲为了儿子找媳妇，已经好久不打牌了，她去陪人家聊天，聊家长里短，聊庄上发生的事，聊着聊着，母亲总能恰到好处地把话题巧妙地引到哥哥的终身大事上来，两个多月的聊天终于让母亲的辛苦没有白费，她找到了击中哥哥软肋的武器。

有一天，母亲对哥哥说："儿子，你也是成年人了，不能总在家玩吧，这样游手好闲将来也养不活自己，你跟你爸爸下田干活，为家里挣一些工分吧！"哥哥虽然心里很不情愿，但第二天还是跟在父亲后面下了地。正值秋收大忙季节，劳力紧缺，父亲想给哥哥安排一个轻松一点的活计，可是当时在收稻子，除了割稻子就是"挑稻把"——把别人割下的稻子一担一担地挑到晒场上去，等待脱粒。割稻，父亲害怕从来没有割过稻子的哥哥被镰刀割破手；脱粒，更不安全，庄上有人曾经被老虎脱粒机把手吞了进去；割稻、挑把、脱粒这三样活计里只有"挑把"最适合哥哥了。天气晴朗，风吹稻浪，于是一根木头扁担成了哥哥田间劳作的工具，捆稻子的人都知道哥哥第一次干这活，他们有意地把稻子少捆一点，以减轻哥哥的重量，哥哥也不说什么，他稚嫩的双肩第一次担起了熟悉但从未亲近过的稻子，他晃了几下，咬着牙站了起来，终于迈开了第一步，可是走到田埂边的时候，哥哥还是被什么绊了一下，连人带扁担倒在了沟里，好在沟里的水干了，他的脸上满是泥土，父亲的心一阵抽搐，但他还是装作没看见，转过脸去继续指挥人们在轰隆隆的机器前脱粒。有人把哥哥从沟里拉出来，哥哥拍拍身上的泥土，笑了笑，重新拿起了扁担……

晚上回到家，哥哥洗澡的时候，父亲看到了哥哥红肿的肩膀。他对母亲说："我看还是算了吧，他不是干农活的料，让他学个手艺吧！俗话说，荒年里饿不死手艺人，学个手艺自己能有个饭碗。"母亲把父亲的想法对哥哥说了，哥哥说："我对手艺不感兴趣，我就下田劳动吧，为家里挣点工分。"于是哥哥又来到了田里，不过不再是挑稻子了，而是在队里的打谷场上负责晒稻子，这比先前的活轻松多了，太阳好的时候，把堆在一起的稻子平摊在地上，太阳要下山的时候再把稻子收起来，堆成一堆一堆的，用石灰盖上白印，再盖上塑料布和草苫子，就收工了。中途休息的时候，大家都到工棚里，工棚是一间很大的茅草房，地上有柔软的稻草，人可以躺在上面休息，还有大麦茶喝，有时还管中饭。可是随着公粮的上缴，晒稻子的工作也就结束了。哥哥带着疼痛的双臂和晒黑的脸庞回到了家，他躺在床上，开始了思考：难道就这样下去？

他翻来覆去，他决定去一趟县城。

3

在县城，哥哥找到了他的那位女同学英子，她已经在县城的胜利剧场上班，负责卖电影票。英子把哥哥送进去看了一场免费的电影，是一部老电影《一江春水向东流》。看完出来后，英子换班了，她带哥哥下了馆子，点了两个菜，一个菠菜炒猪肝，一个韭菜炒蛋。哥哥已经好久没见过这么丰盛的菜了，但他还是在女朋友面前表现出良好的镇定与从容，因为从小接受了母亲的家教：宁生穷命，不生穷相。英子还买了一瓶黄色的橘子汽水，两人喝着汽水，吃着菜，谈着别后的事情。

英子问："我们的事，你爸妈松口了吗？"

哥哥老实地说："他们给我介绍了好几个对象，我都没同意。"

英子笑了："我也是，我妈都急了，给我介绍了好几个干部子弟，我就是看不上那些花花公子。"

英子的话说得哥哥有点脸红，他吞吞吐吐地说："我妈说，你是城市户口，我是农村户口，你家里人不会同意的。”

英子沉默了一会儿，她的一双大眼闪出奇异的光盯着哥哥："我们远走高飞，你敢吗？"

"私奔？"哥哥露出了惊讶的语气，"你都有了这么好的一个工作，能轻易放弃？"

"只要你一句话，我跟你到天涯海角都愿意！"英子的目光里流露出一种坚定，"你今晚带我走，我这就回家偷偷收拾东西。"

哥哥吓了一跳，他想不到英子这么胆大，可是哥哥不想让她的家人难过，再说了，自己身上只有从家里偷出来的两元钱，船费已经花去三毛，晚饭的钱还没付，晚上还要住宿，况且又能到哪里去？哥哥和英子喝完了瓶子里黄色的橘子汽水，吃干净了盘子里的菜，路灯已经亮了，哥哥第一次发现，城市的夜晚这么明亮与温馨。

哥哥对英子说："我只是来看看你，和你打个招呼说一下，不要耽误了你的终身大事。"

英子的语气里充满了失望："你是看上了你们庄上的姑娘，你是来和我告别的？"

哥哥痛苦地摇摇头："没有，可是我真的配不上你，爱一个人不能给她更好的生活，这种爱就是空中楼阁，毫无意义，我不想让你跟我一起过苦日子，我还是送你回家吧！"

英子说："你太现实太胆小了，只要我愿意嫁给你，其他人是挡不住的。"在路灯朦胧的拐弯处，英子狠狠地拧了一下哥哥的手臂，她的泪水滴在哥哥的手臂上……

由于哥哥没有证明，住不了旅馆，英子把他带到胜利剧场的值班室，和值班室的熟人说了一下，让哥哥在电影院的椅子上过一夜。第二天一早，哥哥就坐上轮船回去了，他把高中毕业时英子送他的那支钢笔丢在了传达室。哥哥在轮船上，看着不断向后退去的流水发呆，他知道：有时，不爱，比爱需要更大的勇气。

回到庄上之后，没有多久，大队支书请人上门来，对父亲说，要把他侄女嫁给哥哥。可是哥哥坚决不同意，他说："我暂时不想结婚。"母亲说："不结婚，你准备打一辈子光棍吗？"父亲也说："我打听过了，人家姑娘不简单哪，十一岁就会插秧了，你虽然上了个高中，可肩不能担担，手不能提篮，农活一样不会，有什么用？"哥哥被父亲一顿数落，心里很不是滋味，心想还不如与英子一起私奔呢。可是自己已经回绝了人家，再说只是想想，自己也没那个胆子，拿什么私奔？哥哥陷入了深深的矛盾与痛苦之中。

看着没什么动静，几天后，支书又派人把父亲请到了他家里，还请父亲喝了酒。醉眼蒙眬的支书对父亲说：

"大嘴，不是我说你，我家侄女那么好的姑娘，嫁给你儿子是他的福气，不要有眼不识泰山，敬酒不吃吃罚酒，今天就这么定了，你回家准备准备，过几天定亲。"父亲站起来又恭恭敬敬地敬了支书一杯酒："支书，你放心，我一定好好劝劝我儿子，早点准备定亲，定了亲我们就是亲家了，我就高攀了！"喝完酒回到家的父亲一脸的心事，母亲看出来了，她说："也不能强逼儿子呀，你得给儿子一个台阶下，或者有一点好处才能说服他。""哪有什么台阶什么好处呢？"父亲一脸的茫然，母亲说："你让支书给儿子在庄上介绍个工作，这样也体面一些。""可庄上有什么好工作呢？记工员？农技员？那也是拿工分不拿工资的呀？"基本没怎么上过学的父亲想不到有什么适合哥哥的工作。母亲总能在关键时刻显出她的智慧，她说："我觉得做个教师不错！""做教师？"父亲感到了一种明显的不可能，"人家教师都是扬州下来的，还有上海来的，都是公家分配来的大学生。""这你都不了解吗，除了公办教师外还有民办教师呀。"母亲看来早已有了想法。"是呀，我怎么就没想到呢，民办教师也是教师呀，只是工资没公办教师那么多。"父亲顿悟似的说。

父亲喊完工，一大早就去大队部找杨支书去了。杨支书听了父亲的请求，面露难色："民办教师要乡里批呀，我做不了主，这样，我和校长说说，先做个代课教师，等过几年再转成正式民办教师吧！"父亲说："那谢谢亲家了！""谢什么谢，都是一家人了，快回去准备定亲结婚吧！"父亲回家把消息汇报给母亲，又告诉了哥哥。哥哥想到自己高中毕业能做个代课教师也不错了，加上看到我未来的嫂子除了父亲所说的能干农活外，又长得蛮漂亮的，也就勉强同意了！

哥哥先是在我们庄上的学校，后来为了进步，又去了我们庄上的分校——桃园小学，在大顾庄的北边一点，离家也不远，走过去半小时就到。平时，人们出门基本靠走路，只有去远的地方才坐船到县城，然后再在县城转车，所以半小时的路程对哥哥来说，并不远，蹦蹦跳跳，不一会儿就到了。未上小学的我经常去哥哥那里玩，桃园小学有一大片桃树和梨树，所以桃子或梨子成熟的时候是我去的最佳时机。到了学校，学生们知道我是老师的弟弟，他们就陪我玩老鹰抓小鸡的游戏，还从家里带来桃子或梨子给我，每次从哥哥的桃园小学回来，我总是满载而归。但我知道，桃花落了，哥哥昙花一现的爱情也结束了，他的现实的婚姻开始了。

父亲养的两头猪再次发挥了巨大的作用，一头用于哥哥的定亲，一头用于哥哥的大婚。结了婚的哥哥很快转正了，成了庄上小学的正式民办教师了，一个月有二十四元的工资。我们家的三间草屋也重新做了分配，西房给结了婚的哥哥与嫂子，东房里放了两张大床，父母一张，我和两个姐姐一张。中间的堂屋一家人公用，一张旧方桌吃饭的时候大家一起热热闹闹的，谁知道没多久，就听到家里母亲与嫂子吵架的声音，嫂子不知道为什么事摔碎了母亲的热水瓶，母亲气得喝了农药，幸亏父亲回来发现了抢救及时，才捡回了一条命。后来，母亲忍不住找了学校的校长，哥哥就买了个新热水瓶给母亲，还每个月固定给母亲五元钱作为赡养费。没多久，一个竹帘子把堂屋隔成了两半，哥哥就和我们分家了。

4

接下来的时间里，大姐和二姐相继出嫁，大姐嫁了个孤儿，但是大姐夫很有能力，后来做了镇里农具厂的厂长，日子过得红红火火，成了我们家的支柱。二姐嫁的人不太如意，虽然是高中毕业生，在不远的村子里做农民，老实巴交。开始二姐也不同意，但是我母亲决定的事情一般是谁也改变不了的，这也许是她与我嫂子经常发生摩擦的原因。但二姐在家里可能过得太苦了，况且二姐夫的亲戚做支书，答应姐姐嫁过去做庄上的幼儿教师，最后二姐才勉强同意了，干农活太苦了，二姐深有体会，她也许干农活干怕了。

我侄女出生了，那一年我六岁，父亲拿了些钱给哥哥，哥哥在不远处的河东砌了三间瓦房，哥哥与我们真正地分家了，家里只剩下了父母和我。

奇怪的是哥哥和我们分开之后，母亲和嫂子的关系反而有了一些改善，没事的时候，母亲帮着带我的侄女，当然有时也带我大姐的儿子——我的外甥。嫂子似乎总觉得我的父母有点重男轻女，其实母亲还是一视同仁的，对孙女和外孙一样照顾，但我父亲的做法，还是让嫂子找到了一点把柄。比如父亲带两个孩子出门，他总喜欢让外孙骑在肩头，让孙女跟着自己走。父亲解释说，孙女大一点，能自己走，很听话很乖，外孙小一点而且调皮，放他下来走，他会搞破坏，其实两个人一样大，只相差几个月。不过，我确实亲眼见过，外甥走过的一路上，人家门口的马桶什么的都会一一倒下。

哥哥的工资稍微涨了一些，他还是每个月按时把五元钱交给母亲。嫂子除了种地，还利用农闲去学了缝纫，心灵手巧的嫂子很快在庄上的裁缝中有了一席之地，她很勤劳，白天干农活，晚上开夜工给人家做衣服，特别是过年前，更是忙得不可开交，嫂子的妹妹也来帮忙打下手，帮忙锁扣眼钉纽扣，哥哥每天把罩子灯的玻璃擦得亮亮的，把灯油装得满满的，留着嫂子开夜工做衣服。冬天，哥哥的家里总是坐满了人，来做新年衣服的、帮忙的、聊天的，就像以前生产队在我家开会一样，人气挺旺的。哥哥家的生活一步步好起来了，有时候哥哥家烧了菜，总要走过桥来送到我家里，给父母尝尝，自然尝得最多的是我，父母除了喝点汤，他们基本不伸筷子的，中午吃不了留着我晚上吃。

八岁时，我开始上小学一年级了，学校就在我家门口，从教室的后窗可以看到我的家里，不过正门开在南边，东边也有一个门，我去学校正常从东门走，虽然绕了些路，但只要两三分钟。父亲对我的上学充满了期待，因为他从一个人的嘴里无数次听到了表扬我的话。

第三章　水乡夏夜

1

那个经常在父亲面前夸我的人，不是别人，正是被大顾庄人背后喊着"还乡团"的潘夕荣。我才上小学，根本不知道"还乡团"是什么，但从其他人的嘴里知道肯定不是一个好的称呼，因为他没有子女，唯一的侄子也不怎么与他来往。在我们眼里，看不出他有什么坏，他人很和蔼，特别让我们喜欢的，是他的说书。每到夏天，大家吃过晚饭，有的到桥上乘凉，一张席子摊在桥上，大家或睡或坐，河风轻轻地吹拂，星光或月光洒在水面上，暗波荡漾。这时候，在他门口的广场上，坐在自己从家里带来的小板凳或椅子上，围在他的周围，他端着一把紫砂茶壶，手上一把纸扇，用家乡普通话给大家讲故事。我最喜欢听他讲《隋唐演义》，那里面的"秦琼卖马""程咬金的三斧头""罗成回马枪""李元霸的大锤"等给我留下了很深的印象。有时，他还分给大家一些瓜子或水果，这更加吸引了我们。有时他也考考我们，前一天讲到哪里了，我总是第一个抢着回答出来，而且讲得绘声绘色，他就特别喜欢我。他告诉我父亲，末代子婴聪颖过人，你家老平智力超群，将来必定是个人才。他还告诉我父亲，他会看相，看我每天从他门口经过去学校，走路的姿势与别人不同，有点贵人相，将来一定有出息。父亲听了很高兴，回到家特地去附近巷子里的馄饨店买了一碗馄饨带回家给我吃。我心里对潘夕荣充满了感激，后来我才从别人嘴里隐隐约约地听到了一些有关他的事情。

潘夕荣新中国成立前确实参加过"还乡团"，当过"还乡团"团长，但是他对庄上人很好，从未在庄上干过坏事，甚至还保护过许多人，后来他又加入了国民党，最高时做过省里的财政厅特派员。本来他有机会去台湾的，但是他舍不得丢下在大顾庄的老母亲，留了下来。新中国成立后，他坐了两三年牢，在他坐牢的时候，他老婆和他离了婚，重新嫁了人。潘夕荣被释放后，老母亲已经去世，他还是一个人回到了老家。后来他找到在政协工作的老上级，终于落实了政策，每个月拿个几十元钱工资，一个人生活无忧。他有一个本家侄子，平时很少来往，自从潘夕荣落实政策后，看到他每个月拿工资了，才渐渐地与叔叔热络起来，有时生病了，给他端茶送水的，叔侄关系逐步缓解。

庄上还没有一台电视，只有少数人家有收音机。潘夕荣的说书无疑是我们夏日最好的娱乐。有一次，他给我们讲了解学士的故事。

解学士是兴化明代的翰林院学士解缙，小时候就非常聪明。有一年春天的一个下午，西南方的天空中突然飘来几朵黑云，接着又刮起了一阵大风，一场倾盆大雨突如其来，在街上走路的行人都被淋得湿透。当时遭了雨的解学士头戴瓜皮帽，身穿蓝长衫，脚蹬三道云黑鞋，艰难地往东行走，谁知，他走得急，脚下被砖头角一绊，跌倒在地上，来了个狗吃屎，周围的人见了发出一阵嬉笑声。像个落汤鸡的解学士慢悠悠地从地上爬起来，掸了掸长衫上的污水，挺挺腰杆子，显得满不在乎的样子。他扫了人群一眼，心想我跌倒了，你们也不扶我起来，不但不同情我，反而取笑我，好，我也奚落你们一番。于是随口吟咏了四句："春雨贵如油，下得满街流，跌倒解学士，笑坏一群牛。"取笑的人被他这么一讽刺，反而不好意思起来，只好低头不语，各奔东西了。

听了解学士的故事，我心里痒痒的，似乎将来自己也能成为解学士那样有学问的人。

周末，在和小伙伴们玩耍之余，我偶尔也单独去过潘夕荣的家里，我才发现他的家里有好多书，《隋唐演义》《三国演义》《水浒传》《西游记》，原来他讲的故事都是书上的，我虽然还不能全部认识上面的字，但大致的意思还是能看懂的。我想把《水浒传》借回家看，潘夕荣说："俗话说，少不读《水浒》，老不读《三国》，你还是先看这本《西游记》吧，虽然讲的是神仙鬼怪倒也有世俗人情在里面。"我如获至宝地把书面微微发黄的《西游记》带回了家，当晚就着罩子灯一直看到十二点，第二天在同学面前我有了谈话的资本，我把唐僧西天取经的故事一点一点地贩卖给我的同学们听，这样他们每天的零食里就有了我的一份。《西游记》看完，我从家里偷了两个鸡蛋带给潘夕荣表示感谢，他把我训了一顿："小孩子怎么能偷家里的东西，鸡鸣狗盗那不是君子干的事情，你将来要成为一个成功的君子，不要学小人做事。"我不知道君子与小人的区别，但我确实认识到一个人手脚干净的重要性，我又悄悄把两个鸡蛋送回家里的绿色瓦罐子里。

有一次，在潘夕荣家里发现一本《石头记》，我以为又是什么石头变人的古怪故事。我对潘夕荣说："潘爷爷，我想借回家看。"他坐在吱呀作响的藤椅上，喝了一口浓浓的茶，叹了口气："这本书现在你是看不懂的，等你长大了再看吧，这本书太悲苦了！"我第一次觉察他的表情如此忧郁，仿佛触动了他心头的什么往事，我知趣地打住了，不再追问。

2

里下河的水乡到处是河，大河小河无数，有多年前的古老的天然河流，也有刚刚人工挑挖的河流，比如我们庄子西边的"幸福河"，还有庄子北边的"团结河"什么的。一到冬天农闲，家家户户都有河工任务，都要派人去挑河，不去挑河的就缴钱。我们家是我父亲去挑河，这个干了二十八年生产队长的人与河似乎结下了不解之缘。父亲参与挑过的河光我听说的就有"斗龙港""团结河""串场河""蚌蜓河"等。父亲说："挑河比在家里干农活划算多了。"虽然辛苦点，但每次挑河回来，父亲总能带一些钱和零食回来。所以每次父亲挑河回来，我就有一种节日般的兴奋。

一次父亲从"雄港河"挑河回来，我看到他把一把钱交给母亲，他说："我超额完成任务，比别人的钱多，还每天在大广播里受表扬。"父亲的脸上有一种仿佛得了劳动模范般的自豪与喜悦。我自然不关心钱的多少，我盯着父亲行李里的那个蛇皮袋，那里除了父亲的生活用品外，一定还有我所期待的东西。果然，父亲掏出了三盒油纸包装的饼干，我的侄女和外甥各一盒，剩下的一盒自然是我的了。我当面就忍不住小心地拆开外面的纸盒，用我的小手从油纸的包装里夹出了一块，先放在鼻子上闻一闻，很香，吃到嘴里脆脆的，我舍不得一下子咽下去，故意让它在嘴里停留时间稍微长一点，直到慢慢融化。每天晚自习放学回家，我总要先拿一块饼干犒劳犒劳自己，然后再做作业，吃了饼干的我，作业总是做得又快又好。

半个月下来，我的饼干终于吃完了，最后我看着被油渍浸润的空空的饼干盒，就像一个小伙伴悄悄离去了似的，心中怅然若失。一天，父母不在家，我翻柜子找衣服换的时候，突然发现一个报纸包着的东西从里面掉出来，我以为是老鼠，吓了一跳，回过神来一看，原来是个饼干盒，我才想起父亲这段时间没有空去大姐家，准备带给我外甥的饼干还留在家里没有来得及带走。我咽了咽快要流下来的口水，把盒子重新用那张旧报纸包好塞进了木头立柜的衣服中间。那几天放学回到家我总是没精打采的，好像病了似的，作业做完也不出去疯玩了，早早上床睡觉，可是又哪里睡得着，我总是在梦里打开那盒饼干，津津有味小心翼翼地吃着，我依稀听见母亲的声音：养了个小馋猫，做梦还在吃东西。

有一天，趁家里没人的时候，我终于无法控制自己，我拿到了第一块饼干，我拆得极其小心，力求保持原样，如果不特别注意是不会发现饼干盒被拆过的。本来只想弄一块止止我对饼干的渴望，可是谁知我对饼干的渴望却那么强烈，一发而不可收。

一天上午，父亲终于有了时间准备去大姐家，想起了要带给外孙的礼物，他打开了衣柜，陡然变轻的分量一下子让父亲发现了，他摇了摇，不多的几块饼干在里面活蹦乱跳的。父亲看着我，我立即低下了头，我不是怕父亲打我，从我记事起，父亲从未打过我，我只是怕父亲的责备，因为有说书先生潘夕荣的夸奖，我在父亲心目中是一个充满希望的好孩子，但是现在这个将来充满希望的好孩子却偷吃了外甥的饼干，我有点羞愧了。可是父亲却没说什么，父亲摸着我的头，笑了笑："既然你这么喜欢吃，就都给你吃吧！"他把剩下一少半饼干的盒子递给我，

"拿去吧，下次我出去挑河再给你买。"父亲去庄上的烧饼店买了一种六角形的甜面点——我们当地人叫"金刚琪"的东西，带给了比我小六岁的外甥，自然也给我留了两个。

后来父亲岁数大了，不能再挑河了，除了种地外，父亲还是干起了他擅长的老本行——养猪，父亲一下子砌了两个猪圈，养了四五头猪，再加上我大姐夫与"水食站"的站长关系很好，每次卖猪都能定不错的等级，沾不少的光。我们三口之家的生活并不像许多人所说的那么苦，夏天的时候，中午有时是韭菜炒蚬子、豆腐蚬子汤，有时是韭菜炒蛋、冬瓜汤，虽然简单，但与有些饭都吃不饱的人家相比就算丰盛的了。初中的时候，晚自习回家，母亲有时让父亲去下一碗馄饨，母亲只吃一两个，喝点馄饨汤，父亲基本不吃，主要是我吃。冬天的夜晚，我同学沈学根家离我家不远，只隔了三四个巷子，他父亲沈国同每年冬天总要宰羊，父亲在我晚自习回到家的时候，总是端上一碗热气腾腾的羊肉汤，上面撒了一层大蒜花，当然好羊肉不多，有时是羊头上剔下的碎肉，有时是一个羊肺子，只要五分钱。羊肉汤喝完，我的身上立即暖和了许多，夜里甚至还出汗。难怪人们说，一碗羊肉汤抵得上一层棉。

3

水乡夏天的夜晚是悠闲的、迷人的，如河风般清新，如浩瀚星空中闪烁的群星那般神秘。夏天一到，有件事是令我们快乐的，那就是下河游泳。河水清澈无比，甚至呛一两口也不碍事，家里吃的水都是挑的河里的，讲究的人家用明矾沉淀一下。扎猛子，踩水，到大集体田里偷西瓜、茄子，回家被父母一顿骂，第二天照样香香地吃瓜；在桥上玩跳水比赛，摸河蚌、摸螺蛳，比谁的战利品多。而晚饭时间一到，桥上、路边都摆开了龙门阵，大家吃着中午的冷饭、冷菜，凉爽无比，然后上桥乘凉。忙碌了一天的人们终于安静下来，桥上摊满了席子，一张挨着一张，从这头到那头，我们看看头上的星星，听听别人讲故事，有时还一起唱："月亮在白莲花般的云朵里穿行，晚风吹来一阵阵欢乐的歌声。我们坐在高高的谷堆旁边，听妈妈讲那过去的事情……"

暑假里，邻居小兵家从城里来了位表姐，叫小星，十六七岁的样子，她穿着一件白色的裙子，风一吹露出洁白的大腿，令我们不好意思看，特别是她的胸脯，两只小白兔样地随着走路跳来跳去，她走起路来更像是在跳舞，不知为什么，十来岁的我，一看到小星，便有些不太自在，觉得她十分美丽，反正我觉得如果有一天能走出村子，找到一个新娘，能像小星一样，我就满足了。

小星很大方，经常到我家串门。每天太阳快下山的时候，外面已不那么酷热，我和小兵、小星三人便一起来到庄子东头的一条大河边。小星不太会游泳，只是在浅水中比画比画，后来她非要我和小兵教她游泳。小兵是个水鸭子，比我大两岁，力气比我大多了，于是小星站在我这边往他那边游，谁知刚一趴在水面上，小星就呛了一口水，我慌忙抱住她，一个软软的富有弹性的东西碰到了我的手掌心，小星挣扎了几下好不容易在水里站稳了，她的眼睛闭着，一只手紧紧搂着我的脖子，脸呛得通红，我清晰地看见小星贴在身上的汗衫后是两圈浑圆的东西，为了掩饰自己的慌乱，小星在水中站定松下手之后，我一个猛子扎入水中，一会儿又从另一个地方浮出了水面。在小兵的鼓励下，小星的胆子稍大了一些，经过七八天的练习，在我们的配合下，小星已能游三四米远了，小星非常高兴，这比她在城里的游泳池里游得远多了。吃晚饭的时候，小星特地让小兵把我请过去，吃了她从城里带来的午餐肉，我从来没吃过，我想那应该是军队里的人行军打仗时吃的，因为我听说过压缩饼干，据说吃一块，三天不饿。那一顿晚饭特香，吃的时间也长，人家都去桥上乘凉了，我们还没结束，小星在给我们讲她学溜冰的故事，似乎比午餐肉还让我们感到有味。

那一夜回到家，不知怎么回事，我就是睡不着，我躺在床上，黑暗中看着自己的双手，回味着那天下午河里那柔软而美妙的一触，心中有一股说不出的滋味。小星、小星，我忍不住喃喃自语起来。第二天，我感冒了，一连几天没有下河游泳，小星来看我，她漂亮的马尾巴一甩一甩的，几乎甩到我的脸上，我的脸痒痒的红红的，搞不清是发烧了还是害羞。

一天夜里，父母去亲戚家了，我像有什么心事似的，辗转难眠，忽然脑子里冒出了一个危险的念头：去偷看睡着的小星。小星一个人睡在小兵家的西厢房里，因为天热，晚上家里的门几乎是不锁的。我到小星的西厢房玩过，她的床头叠放着花花绿绿的裙子，还有几本关于少女的书，上面的少女也和小星一样可爱迷人。不知道在床上坐了多长时间，我睡意全无，趁着夜深人静，我小心地蹑手蹑脚地来到小兵家的西厢房，门果然没关，但是里面有微弱的灯光，在夜晚显得更加明亮。小星睡在一顶白色的蚊帐里，看着熟睡中的小星充满青春诱惑力的胴体，我不禁一阵燥热。回到家，我按着怦怦乱跳的胸口上了床，嘴里轻轻地哼着小星的名字甜甜地入睡了。

三天后的某个夜晚，我又偷偷地去了一次小星的西厢房，久久不愿离开，直到小星翻了个身，转了过去，我才依依不舍地离开。白天，一见到小星，我的心口就扑通扑通地跳得厉害，有种面红耳赤的感觉，我为自己夜里的行为感到羞耻，我也怕见到小兵，害怕他发现我的不可告人的秘密。

晚上乘凉的时候，我总喜欢往小兵家的席子上跑，我喜欢坐在小星的旁边，闻她刚沐浴后的一股香皂的味道，小星有时穿一种泡泡纱的衣服，很透明，我会趁别人不注意时偷偷地看上一眼，禁不住心旌摇荡。有一天在桥上纳凉，夜深了，天气格外闷热，我们准备在桥上过夜，但是又怕夜里冷，所以从家里带了条毯子。半夜里，我们三个人挤在一条毯子里，我忽然感到我的脚触到了一个温柔的地方，软软的柔柔的，借着星光一看，我发现原来我的脚伸在了睡在那头的小星的腹部，小星好像睡得很香，似乎没有发现，我赶紧挪开脚，度过了一个蠢蠢欲动的不眠之夜。

半个月后的一个上午，小星说她要走了。临走时她来到我家，送了我一本《少年维特之烦恼》和一张她自己的照片。我送了小星一项用麦秸编成的草帽，上面一个漂亮的蝴蝶结是我偷的我姐姐的。我和小兵一起走了两三里路，送她上了轮船。小星在轮船上向我们挥了挥手，轮船呜呜地放了喇叭，缓缓驶离了岸边，向县城方向开去。我失落地站立在岸边，看着西去的轮船发呆，直到小兵拖着我说，马锁还在等我们去打水仗呢，我才如梦初醒，和他一起向北大河走去。

4

大顾庄很大，姓顾的本家就占了一大半，在我家西边不远的巷子里有一个哥哥的同事，因为他与我父亲同辈，所以我们也叫他叔叔。本家叔叔比哥哥大不了多少，都在庄上的小学工作，平时关系很好，但叔叔人比较精明，有点小气，邻居都背地里称他小气鬼，偏偏他又嘴馋，看到人家家里来人了，就转过去假装关心人家小孩的学习，自然人家一句客气话，他就不客气地坐上了桌子，而且他的战斗力极强，艰苦年代大家的生活都艰难，后来人家看到他是绝对不敢再说客气话了。

暑假里没事的时候，哥哥有时与本家叔叔一起吹吹笛子、拉拉二胡。一天下午，天太热，两人就下河去摸河蚌，准备晚上弄点小酒，本家叔叔说，肚子里好长时间没有油水了，素得慌。于是两个人各带了一个木桶，下到大河里，可是摸了几个小时，本家叔叔摸了两只小螃蟹，哥哥摸了三四只小河蚌，还有几只虾子，不够吃。上了岸，各自回家，谁也没客气一下。可是哥哥刚到家，叔叔就派他的小女儿燕子端着一个瓦绿色的坛子把两只小螃蟹送过来了，哥哥明白了，这是要到家里吃饭的意思，但没下田干活被嫂子刚刚一顿骂的哥哥也不敢招惹叔叔来吃饭，于是就把下午的战利品几只小河蚌放到了燕子的坛子里，让燕子端回了家。哥哥也没和嫂子一起吃晚饭，说可能有人喊，在家耐心等待。过了一会儿，燕子又来了，她说："我爸爸说，还是放到你家烧，你手艺好，烧得好吃。"哥哥撒谎说："回家告诉你爸爸，我今天有人请，还是拿回家让他烧给你们吃吧。"哥哥知道晚饭靠不住了，宁可不吃也不能引火烧身。燕子无奈，只好又端着瓦绿色的坛子往回走，结果，快到家门口的时候，燕子脚下被一块突出的砖角一绊，手里的坛子跌在地上，摔碎了，两只小螃蟹爬了出来，本家叔叔听到燕子的哭声，看着摔碎的坛子，心疼不已，嘴里唠叨着："唉，真是偷鸡不成，反蚀一把米呀！"

　　这次回来挂职，我看到潘夕荣当年住过的房子已经不在，代之而起的是一幢别墅，房子已经易主，但他家门前那座我们夏夜乘凉的大桥还在，桥板已经加宽了许多，两边有了栏杆，站在桥上，一阵河风吹来，无比地凉爽，但似乎又充满了忧伤，生命中那些当初朦胧的美好早已不在，归来的我也已不是当初的翩翩少年。

第四章　邻里人物

1

　　一天下午，我下了班准备跟顺风车回城，突然在桥上遇到了当年的本家叔叔，他一下子就认出了我："老平，听说你回来做书记啦！"我忙解释道："叔叔，我是下来挂职锻炼的。""挂职锻炼好哇，回去就提拔了。"他八十多岁的人了，耳不聋眼不花，思维清晰，说着就拉着我的手，"走走走，到我家吃晚饭，咱们叔侄二人弄点小酒！"我面露难色，只好说了实话："我明天上午在市里开会，今天晚上要回去。"见我坚持要走，他说："那你等一下。"我还没来得及回答，他就立即回家了。十分钟左右，他来了，手里提着一个方便袋，一只大信封，我以为他回家拿什么东西送我的，刚想拒绝。他把大信封递给我，我以为是什么上访材料。本家叔叔虽然在村里做老师，但有关他的闲言碎语不少。

我接过信封，本家叔叔似乎有点羞涩地说："我写了一个庄上的小人物的故事，你文笔好，帮我修改修改。"本家叔叔曾教过我初中的语文，对我一直寄予厚望，听说他当年几乎把袖珍版的《新华字典》背下来，我工作之余对文学的痴迷，也有他启蒙的作用。他又把手中的黑色方便袋递给我，里面用报纸包着两包"中华"香烟，袋子里还有几棵青菜，青翠欲滴。我把香烟还给他，我说："叔叔，我不抽烟，您自己留着，青菜我要了，绿色无公害蔬菜。"

晚上回到家，喝过朋友的酒，和老婆娱乐一番之后，不知是兴奋什么的，睡不着，我就拿出了白天本家叔叔给我的大信封，看了起来。

2

赵财神，本名赵六。赵六趁改革开放之机，东奔西走，发了大财，名震半县，人称"赵财神"。

一天，赵财神踱到镇上的"春来酒家"自斟自饮，忽听街上传来"想发财，卖头发"的声音，听到"发"，赵财神便来了精神，忙推开窗一看，只见一个中年男子背着一只黑包，手里握着一根短棒，棒上系一束头发。中年人边叫边走，却无人问津。显然这个生意很冷淡。赵财神想：在这世道，有谁穷得卖头发呢？你老兄怎能做这种生意呢？

　　过了几天，赵财神又在街上闲逛。只见商场前围了一堆人，朝里一看，原来是几天前见过的那个中年男人在收购头发。生意还很红火呢。只听中年人不停地叫道："一尺长的头发一斤三百元，长一寸加价五十元，短一寸减价五十元。"头发有啥用呢，竟如此值钱？赵财神心里颇纳闷。

　　又过了两个多月，一天，赵财神正躺在家里的竹椅上午休，忽听门口有人喊："收发！收发……"渐喊渐远。赵财神连忙起来，赶紧追上去："你这人耳朵真不行，喊了几声都听不见，还在外面做生意呢！"收发人连忙停下来："对不起，没听见，有头发卖吗？"赵财神仔细一看，又是那个中年男人。连忙笑道："怎么这么巧，今天是第三次碰见你了！""你认错人了吧，我们根本不认识呀！"生意人莫名其妙。"真的！"赵财神便把上两次见到的情况讲了一下。生意人一下子露出愉快的神色："真是有缘千里来相会呀！"便又问是否有头发卖。赵财神道："头发倒没有，不过可以帮你宣传。我只想问问你，收的头发哪儿用？"收发人笑而不答。赵财神便邀请收发人到家中喝茶。

喝了几口茶，收发人开了口："老兄问我头发有什么用场，我也说不清楚。我向旁人收，又有人向我收，最后谁要我也不知道，只听说是外商造原子弹用。"赵财神将信将疑。快到晚饭时间了，收发人起身要走，赵财神坚决留他吃晚饭。饮酒之间，两人越谈越投机，只恨相见太晚。酒足饭饱，收发人拿出一扎百元大钞往桌上一丢，两手一拱道："小弟想劳驾大哥为小弟顺带收发，这里是八千元收购费，事后小弟绝不会亏待老兄，不知意下如何？"赵财神一惊："承蒙你信得过我，行！"心里不禁叹道：世上竟有如此大财大量之人！

受人之托，忠人之事。赵财神真够朋友，不多久便尽钱购货，将头发收齐。可收发人左等不来，右等不来，一直等了半年。难道出了事不成？怎么至今不来提货呢？正在犯愁时，收发人终于来了，他说："这次路走得太远，两湖、两广、川东、川西，逛了一大圈。"赵财神为朋友尽心尽力，收发人自是欢喜不已。硬赠好处费三千元。赵财神不肯收，收发人诚恳地说："实不相瞒，我的利润是本钱的五倍！"财神听了咋舌半天。临别时，收发人又发给赵财神八千元，请其代为收发。

过了两个多月，只见一中年妇女送货上门了，财神喜不自禁。能不欢喜吗？两个月一两头发也没收到，眼看要失信于朋友，想不到得来全不费工夫。一称，乖乖隆地咚，两百多斤！卖发妇女说，本来是收了准备给外商的，因丈夫生病住院，急需大量现金，只好忍痛割爱了。双方讨价还价，终于以每斤三百五十元成交，零钱不要了，共七万元。赵财神狠了一下心，朋友钱不够，自己凑吧，本大利大嘛。

赵财神买不到货急，有了货更急，急等收发人来把货变成钱。天天盼，月月盼，直等了两三年，收发人却总如泥牛入海，一去不回。赵财神才知上了大当……

那个中年收发人就是骗子，中年卖发妇女就是其老婆，第一次卖发给赵财神的是骗子的妹子！

3

第二天到大顾庄上班的时候，我找到了本家叔叔，我带了两瓶白酒给他，我说："我们有规定，工作期间不能喝酒，这酒留着您自己慢慢喝。您的文字幽默，故事生动，有浓郁的乡土气息，我准备给您推荐到省里的《乡土》杂志，到时稿费请我喝酒。"我又补了一句："不过叔叔，现在时代发展了，你看我们的特色田园乡村建设搞得多好，你可以多写写正能量的东西，为美丽乡村发挥余力。"

第五章　气球飘哇飘

1

　　建国家与我家住在一个巷子里，只不过我家住在巷子最南边，他家住在巷子最北边，他家屋后就是一条大河。我家是草房子，他家却是瓦房子，他家的瓦房子主要归功于他的父亲。他父亲在徐州的煤矿工作，虽然是临时工，但工资很高，每次回家都大包小包地带着一大堆东西，甚至我们都不约而同地妄想：谁能像建国一样有个那样的父亲就好了。

　　建国父亲的回来，不但吸引了许多邻居，更吸引了我们这些孩子，除了有一些零食之外，我们最大的惊喜就是建国父亲带回来的皮套子，能吹出好大好大的气球。去得早的总能要上一个，然后大家找个空地，比赛吹气球，也有吹爆了的，只能眼巴巴地看着别人玩了。还有的小伙伴先在里面吹满了气，然后对着你的耳朵或眼睛猛地一松，冷不防吓你一大跳，这样的恶作剧经常有人做。建国和我玩得好，所以我总能多要一个气球，一个玩坏了，我再拿另一个玩，当大家的气球都渐渐消失的时候，只有我和建国骄傲地拿着气球晃着他们的眼，借给他们玩，我们就能得到其他玩具，比如打的铜板，比如扔的沙包，比如拍的香烟壳，比如在地上滚的铁环，甚至女孩子踢的毽子，一个气球足以让我们玩遍所有的游戏项目，你说气球的魅力大不大？有时我悄悄问建国："你爸爸为什么每次回来都带这么多气球，这气球是干什么用的呀？"建国神秘地告诉我："我爸说这是矿上放炸药用的。""炸药填到里面，就不怕水了。"我自作聪明地醒悟道。"可能是吧！"建国也拿不准。

一天下午，我们几个正在河边挖地道，以备我们捉迷藏之用，突然听见远处传来轰的一声巨响，我们的身子也感到了一阵晃动，难道是地震了，我们惊慌失措地往家里跑。我父亲说："是放炮，石油勘探队在勘探石油呢！""放炮能发现石油？"我一脸的茫然。父亲也无法解释，我们就到建国家，建国的父亲似乎刚刚起床，不一会儿他母亲也从房里出来了，头发乱糟糟的，脸上泛着一阵红晕，像喝了酒似的。我们稍微平息了一下我们的气喘吁吁，建国问："爸爸，刚才你们听到响声了吗？很大的响声，像打雷一样。"建国的父亲不愧是煤矿工人，眼界挺广的，他说："这是石油勘探队在放炮。""放炮能发现石油？"我把问我父亲的话重复了一遍。建国的父亲掏出一支带海绵烟嘴的"大前门"，用打火机点燃了，吸了一口，满脸的惬意："就像这烟一样，他们通过在地底下放炮，然后看空中的烟雾，拍下照片带回去分析，有石油的地方与没有石油的地方冒出来的烟雾是不同的。"我像对建国的父亲一样对石油工人充满了崇敬，难怪我们的小学课本上有"石油工人一声吼，地球也要抖三抖"的诗句，我似乎有点明白了。

2

除了他父亲回来的时候，其实平时我们也喜欢去他家玩。建国有一个漂亮的姐姐，虽然我们对漂亮还没有什么特殊的感觉。在我们的印象里，建国的姐姐看上去顺眼，说话好听，而且从不打骂建国，即使建国把衣服弄破了，她也不骂。不像我，虽然穿的是姐姐穿过的花衣服改成的棉袄，但是少了个纽扣或破了个洞，姐姐就会向母亲告状。有一次，父母不在家，我拿了家里五毛钱，被二姐发现了，她不顾情面硬是把我从街上拉回了家，让我在小伙伴面前丢尽了脸。我们在建国家玩，有时不小心打碎了东西，她也只是笑笑，还问有没有砸到我们。我们都喜欢她，她有一个好听的名字——小龙。夏天的傍晚，我经常到建国家铺在桥上的席子上，那时小龙姐刚刚洗过澡，头上散发着一丝洗发水的清香，整个人如芙蓉般清新，似流霞样灿烂。

庄上的许多小伙子都喜欢小龙，可是小龙姐就是不嫁，她说："我要帮妈妈干活，我爸爸不在家，我还要照顾我的弟弟妹妹。"那些小伙子也许等不及了，都纷纷结婚了。可是有一天下课时，建国一脸不高兴地对我说："姐姐要嫁人了，而且是要嫁到很远的地方徐州去。"我也愣住了，很难受，后来听我母亲说了，原来是这么回事。

我表姑一家也在徐州煤矿，可是他们定居在那里，平时难得回家。秋天的一个傍晚，他们回来了，在庄上请了家里的亲戚和邻居，我父母也去了，原来他们是回来给儿子找媳妇的。表姑家的儿子根东在煤矿上工作，一次下井的时候，一块石头砸了下来，捡回了一条命，却永远地失去了双腿，成了一个残疾人，人们很残忍地给了他个名字——滚冬瓜。因为是工伤事故，矿上答应找个人服侍他，可是外人毕竟不太方便，表姑就找矿上领导，说找个儿媳妇来服侍，条件是让儿媳妇也成为单位的职工，除了服侍的费用之外，每个月固定拿工资，还要转成城镇户口。经过一段时间的协商，矿上领导最后没办法只好答应了。表姑在城里也托人给表哥找对象，可是城里姑娘谁也不愿意，只好回老家来试试，看哪个姑娘愿意。庄上人听说了，就介绍了几个在农村干活干怕了的姑娘，她们倒是有心，可是表哥根东却看不上，那几个姑娘不漂亮。表姑对表哥根东说，儿子呀，有人愿意嫁给你就不错了，你不要挑肥拣瘦了，妈妈不能照顾你一辈子呀！表姑把眼泪都说出来了，表哥根东就是不听，他说，我就是进养老院也不愿意找一个我看了不顺眼的人。没办法，表姑只好陪他待在老家，慢慢再找。

有一天，根东坐着轮椅在外面透气，突然看到一个熟悉的身影，"小龙！"他试探着叫了一声，那姑娘回过头，一看是根东，她微微地笑了。原来根东在老家上的小学初中，初中毕业后才招工去了徐州煤矿，他们是同学。根东发现小龙比以前更漂亮了，也更丰满了，但说话还是那么轻言慢语细声细气的，温柔极了。根东主动伸出手，小龙礼貌性地握了一下，根东感到了一股绵软的温暖。

当晚，表姑就来了我家，还带来了一包坚果、两个苹果。她让我母亲给她去小龙家提亲。母亲说："你想得美，人家小龙漂亮又能干，家庭条件又不错，怎么会嫁给根东呢？那姑娘眼角可高着呢。"母亲露出了为难的表情。表姑说："可是我家那小子偏偏看上了她，你能说会道的，又是邻居，只要你帮我出面谈谈，成与不成，我都要感谢你。""家里人，不谈什么感谢不感谢的，我只能试试看。"母亲答应了。

我不知道母亲究竟说了什么话，用了什么方法，小龙竟然同意了，只不过增加了个条件，让他弟弟建国将来毕业后去矿上做临时工。光答应不行，小龙要在协议上盖了矿上的公章才算数。表姑想不到事情这么顺利，为了儿子根东的将来，又回了徐州几趟，请人出面跟矿上领导谈，软硬兼施，总算把大红的印章盖上了，表姑看着大红的印戳，仿佛捧着儿子的结婚证似的，一周后，她回到了大顾庄。又过了一个月，小龙就和根东结了婚。

庄上人议论开了，说什么的都有。有的说，小龙不简单，思想好，这是助残济困品德高尚啊；有的说，可惜了，一个漂亮的黄花闺女的一生也就这样了；有的说，这丫头有见识，为了家里人，自己也享福了，吃吃玩玩，工资照拿；还有的担心，将来怎么生孩子，甚至还有人大胆地描述了各种想象和猜测，说得那些妇女不好意思低下了头。小龙结婚后在庄上住满了一个月，满月后与表姑一家一起去了徐州，临走那天，建国哭得比女孩子还凶，我的眼圈也红了，仿佛小龙一去不回来了，我们再也见不到她了，她的长辫子一甩一甩地上了轮船，小龙像一只气球轻轻地轻轻地从庄上飞走了……

3

小龙去了徐州，建国的妹妹建萍初中没毕业就去了北京，建国家有个亲戚在北京开店，建萍是去给他们看店。在我们眼里不起眼的建萍春节前回来时却令我们大吃一惊。建萍已出落成一个大姑娘了，白色的羽绒服、红色的围巾、黑色的紧身裤，俨然一副都市少女的模样，更令我们羡慕的是她的普通话讲得特别好听，尽管建国的母亲不让建萍讲普通话，她说："你是乡下人，不要出洋相，讲土话算了。"可是我们爱听，庄上的人爱听，建萍照讲不误。建萍说："我可不愿意再回来了，我要留在北京，北京人就是不一样。"建萍说这话的时候，我们的心里充满了忧伤，她这是不把我们这些小伙伴放在心上了，她的心里只有北京，只有大地方，没有我们的小村庄了，更没有我们了。想不到建萍说话算话，她后来果真留在了北京，至于是如何做到的，我们都不知道，连建国也不知道，但有一点我们后来才知道，她的老公比她大二十多岁。我不知道他们有没有爱情，何况对于爱情，身高不是距离，年龄更不是问题，在我们庄上，建萍属于比较另类的人，她有追求自己幸福的权利，不像我们陷在家里，鼠目寸光地过着自己不冷不热的日子。

我们高中毕业的时候，建国没有考上大学，他果真去了矿上。他开始是临时工，后来自学考试考了个大专文凭，转了正式工，但还是下井。矿下有时会发生事故，塌方，渗水，甚至瓦斯爆炸，建国不断努力，多次受到表彰，后来被提拔为矿长，但还是要带头下井，后来井下又发生了一次事故，建国差点被埋在井下。那次事故过后，有一段时间建国的眼前都是同事们被埋在地下的情景，他的精神有点恍惚，终于下了决心，不做矿长了，再也不要下井了。不下井，不做矿长后，工资待遇陡然下降，建国心里又感到不舒服，听庄上的人说，他患上了抑郁症。

自从高中毕业之后，我就离开了我家的老宅和这条巷子，如今这条巷子只剩下了老人，巷子也已经用水泥做了路面，据说是种培一个人出钱修的。一到庄上，有人说到种培，都是他的好，他怎样每天下午从县城回来给他的母亲上药洗澡，怎么服侍他的母亲，直到给她送终，隐约中还听说，他买彩票，一次中了五百万，不知是真是假，虽然在县城我们偶尔也见面，但我从来没有问过他。

夕阳西下，我徘徊在老宅的旁边，在巷子里来回忧伤的时候，突然碰到了维付，他热情地说："兄弟，听说你回来做书记，我很开心，你多转转，我们的庄子变化很大呀！"维付要留我吃晚饭，我委婉地拒绝了，我说："我还要回城，明天县里有个会，反正在这里两年时间，机会多得是。"维付说："那好吧，你哪天有空，我们聚聚，建国、维宏、马锁、种培，我们巷子里的几个好多年不见了，大家都忙于生活呀！"

是的，确实这么多年我们各奔东西，之后一直没见过，到现在也是，我很想什么时候和他们好好聚一聚，好好回味我们那无忧无虑的快乐的童年时光，我特别想看到建国开心的微笑与自信的目光，但不知何时才能如愿，我祈祷着，童年的气球会把他们带到我的眼前或梦里！

第六章　那年黄昏

1

今天当我站在学校的操场上，我不能不想起多年前的那个夏天。

1976 年的那个夏天，那个火烧云布满天空的黄昏，一直定格在我童年的天空中，以致多年来它一直主宰着我的情绪。

一个夏日的傍晚，天空刚下过一场暴雨，门前小沟里的水还在汩汩地流向我家东边的大河，天上出现了一道彩虹，不一会儿西天的晚霞燃烧起来，像一团彩色的火。我和邻居家的小伙伴来到生产队打谷场旁边的水塘里，水塘里略显浑浊的水正向河里流淌，那里有不少上来吸氧的鱼，我站在岸边负责拿着竹制的鱼篓，小兵和维强正用丝网在那里捕鱼，他们很快就有了收获，难怪他们说大雨之后是捕鱼的好时机，看来确实如此，不一会儿，我的篓子里快装满了。小兵说："好了，我们回家分鱼。"

回到家时，我正想炫耀一下自己分得的三四条鱼，让母亲煮一下，一家人好好地享用一下鱼的鲜美，可是家里的门关着，他们到哪里去了呢？我正在纳闷，街上匆匆忙忙走过几十个人，他们纷纷向大顾小学的操场走去，庄上的大喇叭响了："请大家到小学集中，请大家到小学集中，有紧急情况，有紧急情况！"我跟在人流后面，来到了操场上，我去找父亲，只见父亲与几个队长围在支书周围，支书的手里攥着一张报纸，大人们一边谈论着，一边不时手指着报纸上的图片和文字，他们身边聚拢的人越来越多。我隐约地听到"唐山地震"的字眼，我也不知道地震是怎么一回事，但从他们紧张的神情和严肃的语气中猜测一定是发生什么大事了。

我们从广播和收音机里陆续听到了唐山大地震的消息，说唐山这座大城市一夜之间就被地震夷为平地了，人员伤亡无数，迟到的报纸上一幅幅震后的照片让人触目惊心。焦急、不安和恐惧开始笼罩整个庄子。当天下午，村里开个动员大会，杨支书说："根据上级指示，为预防新的地震，要求搭防震棚。"防震棚的地址选在小学和中学的操场上，还有的搭在打谷场上，只要空旷的地方都可以搭。尽管庄上土木结构的低矮平房比较多，但是恐惧感还是驱使人们争先恐后地搭建防震棚。男女老少齐上阵，大家找毛竹，找铁丝，买塑料布，挑稻草，搭屋架，忙得热火朝天。忙了两天，防震棚终于在一个傍晚搭建完毕。几户人家挨次在棚里铺上稻草和被褥，除几位行动不便的老人外，大家晚饭后都来睡。起初几天，我们这些孩子并不怎么害怕，倒是感觉住在防震棚里挺新鲜的，几家住在一起，大集体生活，所以都很兴奋，从这家"床"上跑到那家"床"上，每天晚上总是嬉戏打闹到深夜，才伴随着棚子外面的阵阵蛙声进入梦乡。

住进防震棚之后，我发现许多人家的伙食比平时好多了，有人竟然舍得买肉吃了，中午，家家户户的厨房传出平时难得闻见的炒菜的香味，母亲煮了菜饭，在我们每个人碗里放入一大块猪油，猪油在菜饭里融化，整个饭都滋润了，香喷喷的，我连续吃了两大碗，实在吃不下了，才用舌头舔着碗底，很是遗憾。

白天劳动之余，大家谈得最多的就是有关地震的知识。公社和大队专门下发了不少关于地震的宣传资料，生产队要求社员密切注意身边的一切异常情况，遇到诸如猪不进猪圈、老鼠集体搬家、家禽上树、狗子狂吠、蛤蟆集中出现、地面开裂等地震的征兆要立即上报。队里还成立了由多人组成的巡逻队，每天夜晚轮流巡查值班，以防不测，力求避免人员伤亡和财产损失。

大队里要求几个邻居住在一个防震棚里，这样便于管理。种培的家里条件最好，他父亲是个皮匠，还会修缝纫机，他家生活比我们好多了。他父亲不太愿意住到防震棚里，我父亲就尽一下队长的责任，去他家说服他。我跟在父亲后面也去了，虽然平时也和种培玩，但我始终感到他家有一种神秘感，他家平时都吃些什么呢？只偶尔从种培的嘴里听到一些，没有亲眼看到过。

我和父亲是在晚饭后去的，他家就住在我家后面，他家是瓦房，小院子的最南边一堵墙就是我家草房的土坯墙，我不知道住在瓦房里的他们每天对着我家的土坯墙有何感想。他家的门平时关着，有生意来人了就开。不过今天，门虚掩着，父亲一推就开了，农村人没有敲门的习惯，除非门锁着。太阳刚刚落山，天还没有完全黑，进了他家的堂屋，我看到种培的父亲怀田戴着个眼镜手里在为一双鞋子上底，锥子随着粗粗的白线在鞋底上进进出出。他抬起头，露出惊讶的表情："啊，队长来啦，请坐请坐！"在我们的印象中，种培家的人见了人都很有礼貌，特别是他几个姐姐，见人就喊，脸上满是微笑，不像我们见了大人都不好意思喊，恨不得躲得远远的。父亲在一把布椅子上坐下，对种培的父亲怀田说："现在外面形势紧张啊，我看你还是到学校的防震棚里住吧，这样安全些，再说了，你家是瓦房，塌下来人受不了哇！"怀田推了推快滑到鼻梁底下的眼镜："谢谢，谢谢队长的关心，我会小心的，再说了，我有报警装置。"报警装置？我好奇的目光在屋子里快速扫描，却没发现什么特别的东西。怀田从小凳子上站起来，从桌底下拖出一个搪瓷脸盆，里面有一只空酒瓶。他用手演示了一下，把空酒瓶倒立在搪瓷脸盆中。怀田解释说："只要地面稍微震动，酒瓶就会倒下，酒瓶撞击脸盆响亮的声音就会把我从睡梦惊醒，一听到响声我就会往外面跑。"父亲跷起大拇指："老邻居，你真不简单，你不但心灵手巧而且非常聪明。"

这时，天渐渐暗了下来，怀田点亮了家里的罩子灯，奇怪的是他家的罩子灯与我们家的不同，在罩子灯外围还有一个稍粗的铁丝做的架子。怀田去了一趟厨房，拎着一个小水壶进来了，他把小水壶放在了架子上，正好在灯的上部。这下，父亲更佩服了："你个皮匠，都快成发明家了！"又照明又烧水，一举两得，我和父亲一样心里满是佩服。我想等种培回来问问，他家还有什么新奇的发明。

父亲最后还是没有说动种培的父亲怀田，有人说，他家有钱，他其实是舍不得家里的钱！"钱比命重要吗？"有一次我问种培，他摇摇头："我也不知道，但有钱能吃许多好吃的，还不用穿姐姐的花衣服改的衣服。"这点我深有体会。

2

一天傍晚，天气异常闷热，突然间刮起狂风。大队里的高音喇叭又响了："社员同志们请注意，社员同志们请注意，请大家保持警觉，请大家保持警觉，所有社员同志一律睡到防震棚里，所有社员同志一律睡到防震棚里！"可能在防震棚里住了几天，大家对这样的预防提示已经习惯了，我们几个孩子睡不着，照样在各家的地铺上打滚、翻筋斗、嬉闹，白天干了一天活的大人们照样睡得香香的死死的，呼噜声此起彼伏。

半夜里，突然从大队部那里传来了一声枪响，有人敲着铜锣，扯开嗓门高声呼喊："地震了！地震了！"防震棚里像开了锅的粥，大人喊孩子，孩子叫妈妈，阵阵的哭喊声夹杂着鸡狗的叫声、器物的碰撞声响成一片，人们抱孩子的抱孩子，抢东西的抢东西。女人穿错男人的裤子，男人穿错女人的鞋，有的人一时找不着鞋，赤脚跑到屋外。母亲把我摇醒，说："地震了，快出去！"紧张的气氛弥漫在我们防震棚里，似乎压得我们喘不过气来。我找不着衣服，只穿了个短裤，浑身一下子似筛糠般打战，牙齿不停地上下碰撞，嘴里发出微微的声音："我冷，我冷。"父亲什么也没说，一把把我抱出了防震棚，来到中间的空地上。空地上早已站满了人，可是大家在惊慌失措之余才发现房子好好的，连脚下都没感到一丝晃动。但是没有人再敢回到防震棚里睡了，大家就在中间的空地上等到了天亮。天亮时，从大队部那里传来消息，说昨夜是演习，目的是要大家提高警惕。

中午，家家的炊烟正常升起，远处不时传来猪的号叫，又有人家把猪杀了。我夜里没睡着，中午正在家睡午觉，突然听见街上有人在喊："卖梨子了，卖梨子了，到大河边买梨子了，好吃的莱阳梨，不甜不要钱！"声音清脆嘹亮，仿佛吃了好梨子才能有这样的叫声。

来到东边的大河边，果然有几只小船停泊在河边，他们把摊子摆在了岸上，便于大家购买，摊子旁边已经围着一圈人，大家在讨价还价。我知道，这些卖梨子的都是离我们庄子十几里路的一个叫"苗圃"的村庄的。那里家家户户都种梨树和桃树，春天一到，粉红的桃花，雪白的梨花，整个不大的村庄都掩映在花丛中，我每次去姑姑家都从那里经过，都要在桃园和梨园边停留一下，稍微休憩一番，再向姑姑家出发。后来听说这里改为果园场了，所有人的户口都转成定量户口了，他们不再下地劳动，都进了新办的罐头厂，专门生产桃子或梨子罐头，销量很好，整个苗圃的人身价陡增。据说这里的姑娘基本不愿意嫁到外地，除非城里，农村是不嫁的，从这些卖梨子的中年妇女身上你也能看得出来，她们的衣着表情与我们庄上人都不一样。她们穿着色彩鲜艳的裙子，她们的脸白里透红，她们的眼睛是会说话的，她们的嘴角始终带着微笑，她们每次来到我们庄上都能把船上的梨子或桃子卖完，她们数着我们庄上人用艰苦的劳动换来的钞票，撑着船或摇着橹，用比梨子还要清脆的声音唱着歌，在夕阳的余晖里荡舟回去。她们在春天和秋天总能给我们的庄子带来热闹，给童年的我们带来一种说不出的兴奋与快乐。

建国的母亲买了好几斤，梨子很大，有半斤以上，是正宗的莱阳梨，我不知道为什么叫莱阳梨，大概是一个什么品种吧！大癞子家也买了梨子，这让大家感到奇怪，他家一直都是外来户，年底一分钱分不到的，还要欠账呢。我凑近了一看，原来那些梨子上都有了黑洞，估计要坏了，价格肯定便宜。我无意中看到大癞子临走时，又硬是从人家的柳条篮子里抢了一个，一个长得好看的卖梨子的女人说："不能再拿了，又没卖你几个钱，等于送你了，让你白吃梨子了。"当然也有顺梨子的，他们趁着人多，卖梨子的女人招呼不过来的时候，悄悄拿上一个，转身就走，他们也不贪，顺了一个就心满意足了，自己还舍不得吃，回家给孩子吃，孩子多的还要切了分着吃。我家哥哥姐姐都成家了，就我一个小孩，家里的零食东西都是我一个人独享。有一次姑姑带来了一个大梨子，我实在吃不下，就准备用刀切了分给父母吃，我母亲立即制止了我，她说：梨子是不能分开吃的，分离，分离，你以后要记住了。

眼看着船上的梨子不多了，我着急了，连忙回到家，我对着母亲说了句："大河边好热闹哇！"就露出一脸的不快，呆坐在家里的长凳子上，咬着手指，好像在哪里受了莫大的委屈似的，他们再不去买，梨子就没有了，晚上睡到防震棚里，小伙伴们都吃着梨子，我什么感受，我几乎就要哭出来了。母亲早已看出了我的心思，她说："不是不买，我是想等到最后便宜些，多买点给你吃。"她朝父亲使了个眼色，父亲拿起篮子喊了我，一起向东大河边走去。整个晚上，防震棚里都飘着梨子的清香，有人做梦的时候，发出了吃东西的声音，仿佛还在咀嚼那汁水甜津津的梨子。

这也许是我所有暑假里吃过的最多的一次梨子了，以后似乎再没有吃过这么多这么甜的梨子了！

3

大家在防震棚里睡了三十多天，大伙儿仿佛成了一家人。后来地震似乎被我们吓跑了，不久接到公社的命令，防震棚全部拆掉，大家也逐步恢复了往日平静的生活。

第七章　愤怒的牛

1

惶恐不安的夏天和悲伤欲绝的秋天终于过去了，冬天在阵阵呼啸的西北风中来临。冬天没什么农活干，是一年中最闲的时候，这时庄上有几家宰起了牛羊，巷子里又飘散出牛羊肉的香味了，这是大顾庄人几十年来的传统了。

大顾庄的牛肉、羊肉是远近闻名的。几乎是一夜之间，庄上宰牛杀羊的专业户如夏日田里的雨后菜，一下子冒出了很多，他们从本地或外地贩来正宗的水牛或草羊，在自己家里屠宰加工，生熟兼销渐成气候。肉质好是一个方面，善于加工做菜又是一个方面。整个大顾庄光"牛羊馆"就有好几家，冬天，县城里的人还开着车专门来这里吃"全牛宴"或"全羊宴"。有人甚至把店开到了县城里，生意非常红火。

每到冬天，我下晚自习到家的时候，父亲总是把刚从邻居家买来的羊肉汤端给我吃。一大碗热气腾腾原汁原味的羊肉汤，上面漂着青青的大蒜花，里面是五分钱一个的羊肺或一毛钱一份从羊骨上剔下的碎肉，偶尔也有切成条状的羊肉。我呼哧呼哧地吃着，父亲在一旁点燃一支"丰收"或"经济"牌子的香烟悠悠地说："儿子，小心烫着，慢点吃，别急巴巴的，又没谁跟你抢着吃。"五分钟不到，我就把一大碗羊肉汤干了个底朝天，上了床，不一会儿，身上暖洋洋的，感到有热气在身上串，这是羊肉汤的功劳。大顾庄人有句话，一碗羊肉汤抵得一床被，这话虽然有点夸张，但喝了羊肉汤浑身起暖却是事实。浑身暖和的我，在宁静的冬夜很快进入了甜美的梦乡。后来书读多了才知道：羊肉细腻、补气、养胃、起暖，对人身体的好处大着呢！我经常在一些女士面前吹牛，你看我从来不用化妆品，小时候连雪花膏都没抹过，但我的皮肤很好，知道为什么吗？就是我从小喝羊肉汤喝的。羊肉馆的老板曾给我讲过一件事，一位当年在大顾庄插队的扬州知青，一大早一个人从扬州开车过来，吃完一碗羊肉汤又开车回去了。

多年之后的冬天我经常邀请一些"吃货"好友来到我的老家大顾庄，在"幸福河"边上的羊肉馆，吃"羊脑豆腐""白烧羊肚""爆炒羊肝""羊腰子氽汤""羊血炒大蒜""冷冻羊羔""烧烤羊腿"等特色菜。最后是每人一碗热气腾腾的羊肉汤，用店家自制的软软的小烧饼泡在里面，浓浓的白色的汤，如羊奶一般，漂在上面的蒜花青葱一般地诱人，微黄的烧饼，让人联想到老式炉子的温暖，鲜美的味道，温馨的感觉氤氲在往日的故事里，仿佛又回到了无忧无虑不知寒冷的童年时光！

2

我同学沈学根的父亲沈国同是我们大顾庄宰羊比较早的，他家的羊肉汤是我童年最美好的记忆。但是要提杀牛的，那当然数雷国响了。

雷国响已宰了好多年牛了，他究竟宰了多少头牛，连他自己也记不清了，宰牛对他来说真是小菜一碟小事一桩，从未失手过。他家是庄上宰牛大户，逢年过节，家里来人到客，都要去他家买牛肉，连附近村庄的人也走路过来买，他家的生意红火，砌了七八间大瓦房。院子里一个大大的天井，也是宰牛的作场。

几天前他又从远处买了十几头牛，准备宰了供应春节。其中有一头老牛和一头小牛，它们是一对母子牛。临走时，卖牛的人特地叮嘱雷国响，回家宰牛时一定要先宰老母牛，然后再宰小公牛。

回到家里雷国响像往常一样准备宰牛，当时也想到了卖牛人说的话，可是想想自己宰了这么多年的牛，从来没有讲究过这些，不就是宰头牛吗，怕什么。于是第一天，他就先把小公牛给宰了，小牛被拖走时满眼泪水，母牛也狂躁不安地乱叫了一阵，他也没在意。第二天，雷国响儿子去拖母牛来宰。刚到牛圈，他儿子就隐隐地感到有点不安，母牛似乎愤怒地盯着他。可是，他还是强拖着母牛出了牛圈，刚出了牛圈没几步，母牛头一昂，满眼充血，一头向他撞来，雷国响的儿子立即被牛角顶倒在了地上，幸亏儿子年轻体壮机灵，一骨碌爬了起来，一边向旁边的人求救，一边叫人帮忙去喊他的父亲。奇怪的是母牛对路边其他行人一概不理，只向雷国响的儿子追去。他儿子无奈，跳进了旁边的一条大河里，母牛也毫不犹豫地跳进了大河，紧追不舍。雷国响的儿子过了河上岸，躲到一间工棚里，工棚是大集体时干农活的人休息用的，分田到户后已经废弃不用了，工棚的地上是一些枯草，烂泥糊的墙壁已经裂缝，屋顶上有些地方见光了。母牛也游过河上了岸，跟在后面进了工棚。这时雷国响抄近路追来了，他也进了工棚，母牛竟然用牛角把工棚的破门关上了。雷国响不顾一切地上前试图去拉母牛。母牛这时可谓是牛气冲天，对着雷国响就是几角，雷国响的衣服被顶破了，身上也被牛犄角顶伤了好几处。这时的雷国响有点害怕了，这头母牛真的是疯了，它要给它的儿子报仇，雷国响这才想起卖牛人的话，后悔没有听他的话。可是世上没有后悔药，母牛已把他逼得走投无路了。他做梦也想不到，宰了几十年的牛，竟会被牛逼成这样。

这时他弟弟雷国发来了，看到哥哥身处险境，雷国发来不及考虑，冲了进去，想拖住拴住母牛的绳子。母牛一看又有人来了，一头向他冲来，牛角狠狠地刺进了雷国发的腹部，他被母牛用牛角挑起，整个人便在牛角上转起圈来，血水一下子流了出来，雷国发倒在了地上。看到弟弟被母牛顶成那样，雷国响脸色煞白，瘫坐在地上。母牛扔下了雷国发，它两眼血红，用力把牛角向雷国响刺去，雷国响的儿子趁机逃出门，躲在一堆草后面，如同寒风中一片瑟瑟发抖的树叶。这时外面也来了好多人，可是谁也不敢去救，这时有人想到了110，有人赶快去村部拨打了110。四十多分钟后，警察赶到工棚附近，这时雷国响已遍体鳞伤，连叫喊的力气都没有了。特警赶紧用枪对着母牛射击，第一发子弹打在牛角上，擦出一道火花；第二发子弹打在牛的眼睛旁，母牛的前脚晃了一下；第三发子弹射在牛的脖子上，母牛昂起头发出一声哞叫；特警又连续对着它的头部与腹部开了三四枪，母牛都没有倒下，直到射出了第十二发子弹，母牛身上的血才汩汩地流了出来，染红了工棚地上的野草，它轰的一声倒下了。

雷国响兄弟俩立即被送到附近的医院抢救，雷国发保住了性命，哥哥雷国响因为伤势太重，没能救活。临死时雷国响把儿子叫到跟前，嘱咐儿子："孩子，改行吧，以后不要再宰牛了！"

3

雷国响的儿子雷鸣含着眼泪埋葬了父亲，暂时停止了宰牛，一年没干什么事，全家陷入了深深的悲痛之中。

一年后，雷鸣想到了改行，他没怎么上学，从小就跟在父亲后面打下手，他有点茫然，不知道干什么好。在老婆的建议下，他摆起了蔬菜水果摊，去附近的镇上批发些蔬菜水果放在自家门口卖，可是来买的人很少，就几个邻居，于是雷鸣又和老婆在大街上租了个摊位，生意稍微好了一点，但除去人工工资以及摊位费、运费，赚的钱很少，抵不上以前的九牛一毛，没办法，为了过上更好的日子，雷鸣还是操起了老本行，毕竟宰牛赚钱比较快，心想只要自己以后小心点就行了。于是，牛肉的香味又在他家的巷子里飘荡了。因为雷鸣家在庄子的中心，他家宰牛的污水顺着屋旁的下水沟流到东边的大河里，冬天还好，味道不大，可是一到夏天，虽然牛宰得少了，但毕竟还是有不少污水的，有时散发一股臭味，上面苍蝇嗡嗡的。我的做教师的本家叔叔就联合了几户邻居去找雷鸣说话，雷鸣表示无奈："总不能叫我不宰牛吧？"本家叔叔说："我们也不讲蛮理，你宰牛谁也挡不住，但我们的卫生你也要管，你修个暗沟通到东边大河里，我们没意见。"雷鸣想想，从家里修个通到东边大河的暗沟不是一笔小钱，就和老婆商量。还是他老婆会处世，她说："你爸爸在的时候过年过节给他们送点牛杂呀什么的都不要钱的，要不怎么太平了那么多年没人出来说话，他们找碴也是想点好处。"第二天一大早，雷鸣就给污水经过的人家送去了牛肝、牛肠子，当然还有从牛身上剔下来的剔骨肉，虽然碎了点，还是很香的，这天的中午，包括我做教师的本家叔叔在内的几户人家都吃的青菜烧碎牛肉，或韭菜炒牛肝，牛肠子能放，暂时舍不得吃，留到第二天吃。

随着农业机械化的推进，农村的耕牛越来越少，我们本地的水牛更少了，我们这里的人是不吃黄牛肉的，大家喜欢吃水牛，于是雷鸣打听到安徽农村的水牛多，就去安徽进货。一次去安徽的山区进货，雨天路滑，卡车里装了十几头牛，车行驶在一段盘山公路上，车轮突然打滑，眼看就要翻倒，雷鸣仗着自己年轻反应快，猛地从车上往下一跳，结果一头撞到了路边的石头上，鲜血直流，当场毙命，而司机在驾驶位置上没动，他关键时刻刹住了车，只受了点轻伤，包扎一下没什么大事。

雷鸣运牛跌死的消息传到庄上，他的老婆当场哭得昏了过去，醒来时嘴里喃喃自语："我不让你宰牛，你偏要宰牛哇，父亲的话，你为什么不听啊！"

从此大顾庄少了一户宰牛的，其他宰牛专业户也不再那么大胆，都比以前更小心了。

一天下午，我陪同镇里的罗书记一同在庄上考察，在幸福河边上，罗书记指着南北向的笔直的河流说："这条河是我们镇里的母亲河，你看现在水草这么多，河水不怎么干净，漂浮物多，我想动员大家把河水疏浚一下，两边用水泥驳岸，再栽上景观树，让它成为一道水乡的风景。"

我建议说："可以把大顾庄杀牛宰羊的专业户集中到幸福河边上，形成一个巨大的牛羊产业群。"

第八章　茅佳的爱情

1

表姐茅佳回到老家看望父母，听说我在村里挂职，特地请我吃了顿饭。

在我们庄上，表姐茅佳的爱情充满了传奇色彩。

童年的一天，我到表姐家玩，姑父姑母不在家，我以为家里没人，直奔我常去的那个房间看姑父家刚买的十四英寸的黑白电视，一进房门，我吓了一跳，表姐和一个小伙子紧紧抱在一起。他们发现了我赶紧松开。我看到表姐白净的瓜子脸上泛起了两朵红晕，她站起身拿了把梳子假装梳理她那长长的秀发，小伙子忙掏出五毛钱递给我，说："来，表弟，这是给你的见面礼。"我才明白，他就是我未来的表姐夫国庆，要知道，我可从来没有收过这么大的礼，过年父母给的压岁钱不过两毛，我带着巨大的满足感和惊喜快速地离开了。

刚刚有点懂事的我，对男女之事还不是很了解，正是这一点，我有了很大的利用价值——充当他们的通信员。当然是有奖赏的，有时是五分钱（可以买一个烧饼或一串糖葫芦），有时他们带我去邻村看露天电影。表姐因为家境很好（我姑父是我们村的大队会计），总是穿得很时尚，下身一条白花纹的喇叭裤，上身一件绣花的确良的白小褂，显得非常纯洁高雅，像一朵盛开的白莲花在村庄的河流里漂呀漂，吸引了庄里庄外许多小伙子的目光。

其中一个最具实力的就是后来成为我表姐夫的国庆。国庆和表姐一起参加了庄上的宣传队，白天表姐在学校代课，晚上要参加排练，表姐最拿手的是摇花船，那柔软的腰肢轻摆着花船，栩栩如生，摇曳多姿，引来了不少的观众，大家平时没什么娱乐活动，表姐的表演能给大家一种美好的享受。国庆的拿手好戏除了踩高跷就是唱歌了，有一部叫《红牡丹》的电影，里面有一首《牡丹之歌》，是蒋大为唱的："啊，牡丹，百花丛中最鲜艳；啊，牡丹，众香国里最壮观……"国庆唱得特像，表姐最喜欢听，排练的时候唱，晚上送她回家的时候唱，有时还偷偷地在她窗前唱，终于有一天把表姐唱感动了。

后来国庆参军，到新疆当兵去了，表姐的信便渐渐多了起来，一次我怀着好奇读到了一封国庆的来信，全文记不清了，只记得几句："……你不在我身边，想你的时候，新疆的哈密瓜不甜，天山的鲜花不艳……"可见他们的感情之深了。

2

国庆退伍回来因为在部队立了功被安排到县城里工作，表姐随国庆到了县城，过上了比在庄上好得多的日子。结婚的那天，我得到了一个十元的大红包，这够我一年的零花钱了，可是回到家被母亲强行没收了。母亲说："小孩子不能用大钱，丢了太可惜，放我这里，可以给你慢慢用。"

表姐嫁给国庆后，日子过得滋润，生下了一个儿子，可是儿子到了十五岁的时候，表姐却得了一种怪病。当我匆匆忙忙赶到表姐家时，姐夫国庆瘫坐在沙发上，一脸的忧郁和沮丧："你表姐病了，去医院检查，可又查不出什么问题。""查不出问题不是好事吗，说不定没什么病哩！"我安慰国庆。"可她浑身疼痛无力，夜里失眠，一天要喝好几瓶开水，还叫口干。"国庆补充道。我似乎从他的话里听出了问题的严重性，国庆对我的表姐可以说是一向呵护到位宠爱有加，在我们周围人的心目中，国庆是个典型的好男人、好丈夫、好父亲。现在表姐生病了，国庆急成这样，可见表姐在他心目中的分量何等之重！

　　说句老实话，我和表姐的感情某种程度上甚至超过了亲姐弟，我父母年纪大了，他们无力照顾我，是表姐给了我更多的关爱。后来我到外地求学，我经常收到表姐带给我的生活费，要知道表姐只是个代课教师，一个月才几十块钱，表姐又爱打扮，那些钱可是从她买衣服的钱里省下的。放假回去，我也很少看到表姐穿那些时髦的衣服了，可是我却发现表姐比以前更美了！表姐对我的好我是永远也不会忘记的。所以，一听说表姐生病了，我就帮建国找到了一位在省城医院工作的老乡，多亏那位老乡的帮忙，表姐很快办理了住院手续，等待医院的检查。

　　一周之后，表姐回来了，这次见到表姐我大吃一惊，接着眼泪忍不住流了下来，漂亮秀丽的表姐突然憔悴了好多。两眼无神，脸色发黄，而且头发开始掉落，那当初是多么诱人目光的一头秀发呀！更为严重的是，表姐的脚部开始溃烂，十分可怕。医生说这种病叫"干燥综合征"，治愈的希望不大，只能用药进行试验性的治疗。国庆整个人也瘦了一圈，看来他承受的心理压力更大。"治不好也要治，总不能眼睁睁地看着她等死吧。"表姐夫国庆的态度非常坚决，"就是拆房子卖地，砸锅卖铁也要给她看。"国庆，一个当过兵的男子汉，据说在医院里竟向医生下跪了，这不能不让我感动和心酸。

又过了半个月，表姐的病情更加严重，当我去看她时，她已经认不出我是谁了，一脸的茫然，先前白皙光亮的肌肤已变得又黑又瘦，头发掉得差不多了，戴着一顶小绒帽。国庆说："再这样下去，你表姐恐怕真的不行了，她现在只认得我和儿子，其他人一概不认识了。"我虽然很为表姐伤心，可我又不是医生也无能为力，只有干着急。无奈之下，我只好上网搜索，看看有没有治疗这种干燥综合征的医院，查到了几家，在北京和上海各有一家医院。只好不管它的可靠性了，只要有一线希望，我们就不会放弃。国庆决定送表姐去北京治疗，毕竟那里的条件要好一些。

就在国庆准备送表姐去北京治疗的前一天，表姐突然不见了，国庆打电话给我的时候，几乎是哽咽地说："你表姐不见了，别一时想不开……"我也吓傻了，表姐会不会不能忍受痛苦，自寻短见了呢？我们俩开着摩托车找遍了整个小城，可哪里有表姐的影子呀，正当我们在失望和不安中回家时，接到了派出所打来的电话，说表姐在派出所。表姐怎么会在派出所呢？我们有点丈二和尚摸不着头脑。等到了派出所，听民警一讲，我们才明白了。原来神志不清的表姐竟找到了警察，要求出具证明让她十七岁的儿子结婚，民警们感到事情太荒唐，就劝说她，谁知表姐竟犯了脾气，赖在那儿不走了，缠着一定要给她儿子出具结婚证明，民警被她缠累了，没办法，只好妥协，骗她说，等把你儿子和媳妇一起领来再出具证明。可表姐就是不依，哭笑不得的民警好不容易才找到了表姐家的电话，可打了半天没人接，这回终于打通了。国庆连忙向民警赔不是，递烟道歉，我们好不容易连说带骗把迷迷糊糊的表姐带回了家。"不能再拖了，明天出发！"国庆下定决心似的说。

在去了北京的一家有名的医院之后，我们几乎得到了和以前一样的结论：只能进行试验性的药物治疗，至于能否痊愈，还要看病人今后的心理生理状态。就这样，我们又带着渺茫的希望回到了老家，我甚至劝国庆："听天由命吧，反正你已为表姐尽力了，对得起她了，我们不会怪你的。"可国庆咬了咬牙说："我绝不会放弃的，哪怕没有希望，我也要坚持给她治疗，我不能没有她。"

3

姐夫国庆请了长假，开始在家精心护理表姐，他又托人找了许多民间秘方，只要有一点好处都要试一试，医生说，治疗中一个很重要的方面就是要逐步恢复她模糊的回忆。国庆用了许多办法，拿出以前的照片、书信、衣服等，甚至还给表姐唱那首以前她最爱听的《牡丹之歌》，可是表姐却无动于衷，依然是一脸呆滞的表情。

有一天，阳光很好的下午，国庆推着表姐到邻居家玩，邻居家正在打麻将。国庆就带着表姐在那儿看，大约过了个把小时，突然听到表姐的嘴里吐出了有点模糊的两个字："白板。"国庆有点奇怪地看着表姐，表姐又重复了一下："白板。"国庆这才想起，表姐以前有点爱打麻将，她现在竟然认出了白板，国庆一阵惊喜，回家拿出麻将让表姐认，可她只认得"白板"，其他的一个也不认识，姐夫惊喜的心又一下子凉了，希望的火焰似乎闪了一下又熄灭了。可既然她认得一张牌，说明她已经恢复了一点记忆，就有希望，国庆总是喜欢劝慰自己。于是，每天除了给表姐按时服药，调理外，下午就叫表姐认麻将。终于一个下午，又认了一张"红中"，第二天又认识了"发财"，半个月下来表姐进步很大，已经基本上认得所有的麻将牌了。

国庆想光认得不行，还要叫她学会打，这样健脑也许会恢复得快些。于是姐夫召集了几个没事的大妈，让她们来陪表姐打麻将。可表姐毕竟还未完全恢复，不大灵活，于是那几个大妈都不愿意陪表姐这样一个病人打麻将。国庆急了，说："各位大妈，你们每天下午来打，茶和香烟我包了，一天每人再发你们十元，但是有个条件，你们只许输不许赢，要假装输给茅佳。"几个老大妈下午也没事干，况且每天下午又有固定的收入，不用再担心打麻将输钱，就算打工吧，何乐而不为呢。于是每天午饭一吃，她们准时到表姐家陪表姐打麻将。表姐一开始连牌也码不起来，国庆就在旁边鼓励她慢慢来，一边朝几个老大妈使眼色。大家也就不着急，慢慢洗牌，出牌，打得轻轻松松，最后每人都故意把钱输给表姐。表姐赢了钱，开始有了点愉快的反应，先是高兴得摇头晃脑，后来脸上有了笑容，渐渐地不知是药物发挥了作用，还是表姐夫的精心护理，或是麻将起了作用，表姐的气色渐渐地好了起来，食欲也增加了，而且头上开始长出了新的头发。半年后，表姐竟奇迹般地痊愈了。

当我从外地进修回来，再见到表姐时，她又恢复了以前的容颜，长发依然飘散在肩上。白净的脸上又有了红晕，似乎比以前更加成熟美丽，多了一份独特的风韵。表姐说："这都是你姐夫的功劳，看来，我没有嫁错人。"国庆嘿嘿一笑："哪里是我的功劳，是麻将的功劳嘛！"

表姐的病虽然好了，可也养成了一个不太好的习惯，迷上了麻将，不管输赢，每天必打。国庆在别人的提示下终于想了个主意，开了家棋牌室。表姐家的房子很大，后面小楼住家，前面有100多平方米的平房，开个棋牌室绰绰有余。这下可好了，表姐欣然同意，又有麻将打，又有钱赚，一举两得。

最近，表姐买了辆小轿车，周末带我去她家打麻将，打着打着，表姐突然冒出一句："弟弟，你别小瞧了它，麻将场上看人生啊！"我表姐虽然是"奔六"的人了，可看上去不过三十多岁。有一次，她二十多岁的儿子和她一起逛街，有个小贩说："给你兄弟买点东西嘛！"惹得她儿子怪不好意思。从此儿子都不愿意和她一起逛街。由此你可以想见我表姐做姑娘时的魅力了。

第九章　小学骊歌

1

一听到"嘭嘭嘭"巨大的鼓声，我们的心就激动得狂跳起来——换糖的来了。这可不是平时一个人挑着糖担子在庄上转悠的那种，这是一支庞大的队伍，他们是开着大船来的，他们是我们嘴里的"糖疯子"。这里的"糖疯子"是人们对庞大的换糖队伍的美称，那阵势那派头，多有气势！

他们排着长长的队伍，最前面是一个中年男人，脖子上挂一面中等的皮鼓，皮鼓抵在他的肚子上，他手中的两只鼓槌有力地敲打着白色的鼓面，发出"咚咚咚"的响声。后面是一个小伙子，拎着一面铜锣，哐当哐当地敲着，与鼓声此起彼伏地相互呼应。后面跟着的几个人抬着巨大的糖担子，上面放了像大饼一样圆形的糖，有两层，呈暗黄色，糖底下是白色的米粉，一个人手里拿着敲糖的工具，是一块生铁和一个像铲子一样的铁器，他先把铲子一样的东西切到糖上，然后用手中的生铁块一敲，与你拿来的东西差不多等值的蔗糖就到了你的手里。他们的后面总是跟着一大群孩子，有的人手里已经有了换来的糖，他们吃得嘴上不是黄色的蔗糖就是白色的米粉，有的还用舌头在舔着嘴唇，意犹未尽。

这时候，敲糖的人就鼓动起来："吃糖啦，吃糖啦，好吃的蔗糖，越吃越香，越吃越甜！旧塑料布、废铜烂铁、旧书、旧报纸、酒瓶、破布、鸭毛鹅毛、鸡肫鸭肫皮、牙膏壳，快来换哪！"鼓声、锣声加喊叫声，热热闹闹，好像在举行一场盛大的集会，听到声音的孩子循着声音赶来，把他们平时收集来的牙膏壳、塑料布以及鸡肫鸭肫皮统统交到"糖疯子"手里。我把家里父亲平时杀鸡取出的一块已晒干的黄黄的鸡肫皮交给"糖疯子"，他往旁边的篓子里一扔，说了声："东西太少了，这点换不着，下次多拿点！"但还是给我敲了一块糖，虽然不大，但拿在手上，也能炫耀一阵子了。小兵可能实在从家里找不出东西了，把他以前玩的一个旧铁环拿来换了，外加一块破塑料布，不知从哪里扯来的，他的糖块比我的大了许多，但他的糖很快就融化在嘴里了，没有了，我是一点一点地舔，让蔗糖的甜味在唇齿间慢慢回味。

"糖疯子"们一般都是吃过午饭上岸，整个下午就在庄子上像游街一样地转，似乎要把每个角落的孩子都喊出来，加入他们的队伍。令我感到奇怪的是，他们的糖主要是拿东西换，很少有人用钱买，有的小伙伴用钱买，他们好像还不太情愿的样子，把糖递给他们的时候总要说："这次卖给你了，下次一定要拿东西来换！"傍晚太阳落山的时候，他们挑着换来的各种废品上了船，整个村庄又恢复了安静，"糖疯子"们在船头摆上桌子，他们的桌上摆了好几个菜，他们喝着酒划起了拳，惹得附近岸上的人羡慕不已。

我正在家里吃晚饭的时候，忽然听见巷子里传来了一阵打骂声，我快速喝完最后一口粥，嘴也没顾得上擦，就奔了出去。原来是马锁被他的父亲打了，他父亲发现家里的一个旧铁锅没了，估计是被马锁拿去换糖了。马锁的母亲坐在一旁，一把眼泪一把鼻涕："你这个败家子，那铁锅只是有个小砂眼，我准备等补锅的来补一下再用的，你倒好，给我换了糖。"我看到马锁的脸上红红的一块，估计是被他父亲打了嘴巴，他父亲越想越气，又拿起扁担准备再打，被赶来的马锁二叔拉下了。我没想到，一向在我们面前威风凛凛的马锁竟然也有这样悲惨的一幕。

2

马锁因为偷铁锅换糖被打之后，好长一段时间没和我们一起疯了。有一次，我和小兵晚上去找他，马锁已经上床睡觉了，我们都很奇怪："你睡这么早？"他揉揉迷迷糊糊的眼睛："你们回去吧，我早上还要起早呢。""起早干什么？"我们还想打破砂锅问到底，可马锁像首长一样挥了挥手，让我们回去，他又倒下睡着了。回家的路上，我和小兵猜测了很久，就是猜不出来，于是两人决定今晚也早点睡，明天早上在马锁家附近蹲守。

第二天一大早，我们躲在马锁家附近的一个厕所里，我们知道，马锁出来必然要经过这里，恰好厕所里朝外的砖头围墙上有一个小孔，我和小兵轮流盯着那个小孔，可是除了看见几个早起下河洗衣服的妇女外，始终没发现马锁的身影。我被厕所的臭气熏得实在受不了，就建议说："小兵，走吧，我们重新找个蹲守的地方。"可小兵不知中了什么邪，坚持说："这里挺好，比较隐蔽。"

连续几天，我只要需要上厕所就来到这里，我终于发现了马锁的秘密。

原来马锁起早只为了一件事——拾狗屎。从马锁的嘴里我才知道，狗屎也能卖钱。马锁说："有人专门收狗屎卖给生产队里积肥，拾狗屎必须起早，不然都被别人抢先拾了。"我看到马锁的手里拿着一个竹制的耙子，他的畚箕里有了不少狗屎。我问："这些能卖多少钱呢？""一两毛钱吧！"马锁回答说。我估计马锁有所保守，肯定不止这点钱。马锁问："你拾吗？"我鼻子一哼："万般皆下品，唯有读书高，我才不拾呢，我总不能待在农庄上一辈子拾狗屎过日子，我要考大学呢！""是的，你是我们庄上的小秀才，将来一定有出息。"马锁突然看到前面有一摊鸡屎，急忙走上前去。我说："鸡屎也要哇？"马锁说："只要是肥料都能卖钱。"马锁神秘地对我说："你知道吗？我前几天进城了。""你进城啦？"我露出羡慕的神情，"进城干什么啦？""我爸爸带我到城里挑粪去啦。""到城里挑粪？"我有点不解，"难道城里的粪也比我们乡下好？""这个当然啦。"马锁自豪地说，仿佛他也是城里人似的。"我爸还带我去了一个亲戚家，当然是挑粪前，挑粪后身上臭烘烘的，谁愿意让你进门。这回我可是开了眼界了，亲戚家有个宝贝椅子，长长的能坐三四个人，我一坐上去它就陷下去，把我吓了一跳，软软的很舒服，我们站起来的时候，它又弹起来了，真神奇！""可能是沙发吧。"我说，我在《少年文艺》上看到过。"沙发？是沙做的？可我没看到沙呀！"在我的带动下马锁也学会问问题了。我笑了："不是的，里面是海绵和弹簧。""怪不得那么软那么有弹性。"马锁接着回忆道："那天我还喝了一种水，装在一个玻璃瓶子里，黄色的，盖子一开就直翻泡泡，喝到嘴里有点刺舌头，甜甜的，喝完，肚子里一股冷气直往上冒，舒服极了。"我说："那是汽水，我在我表姑妈家喝过，确实好喝。""你怎么什么都知道，难怪是我们庄上的秀才！"马锁感叹道。

在遇见马锁拾狗屎的那个早晨之后，我再也不到别人家的厕所大便了，不但如此，我还参加了学校里的勤工俭学——拾棉花。学校利用课余时间组织我们在农忙季节帮忙拾棉花，拾一斤给几分钱，半天下来也能弄一两毛钱，虽然少，但毕竟是自己的劳动所得，大家比参加其他活动积极多了。一听到老师宣布今天参加大忙——拾棉花，大家就兴奋不已。麦收季节，我们还到公家的田里拾麦穗，我们最喜欢拾的是小麦，拾了可以直接拿给庄上的烧饼店换烧饼，这样我的早饭就不再是单调的咸菜稀饭了。

3

区里要开农业现场会，学校接到任务要为现场会准备节目，于是学校就组织了一些学生排练节目，我也被选上了，我们几个男生和几个女生一起在老师的示范下，学习打连枪。连枪就是一根竹子，上面挖了几段小孔，小孔里装着像铜钱一样的薄铁片，竹子一抖，整个连枪就哗哗地发出响声，我们每人两支连枪，左右手各一支，像做操一样按着老师的口令打出节拍，连枪敲打着地面，敲打着我们身体的某些部位，或者两支连枪相互敲打，既有竹子的声音又有铁片的声音，但都是响亮的清脆的，在操场上空回荡。

每天下午放学前，我们都迫不及待，内心充溢着一种喜悦，我总是提前把作业做好，早早收到书包里，铃声一响立即带着连枪冲出教室直奔操场，女生们排在我们的前面，她们开始发育的身体柔韧匀称，和我们男生一样满是青春的活力。我们都很灵活，经过老师一周的教练，我们已经能顺利地完成一个完整的节目了。我们打的时候，四周围满了人，有本班的同学，也有外班的同学，我手中颇有节奏地敲着连枪，脸上露出骄傲的神情，仿佛那些女生都是特地来为我加油的，我就打得更欢了。

区里的农业现场会在区政府所在地大垛举行，我们坐在一艘挂桨船的船舱里，船向几十里外的目的地开去，这是我第一次和这么多人一起坐机动船出门，小伙伴们和我一样激动，他们叽叽喳喳的，像一群刚从笼子里飞出的小鸟，对外面的一切充满了新奇。我第一次发现河岸边有那么多的洞，它们奇形怪状，我根据形状猜想着里面住着的是螃蟹、黄鳝、老鼠，还是蛇。还有河中清晰可见的水草，我猜测着水草中藏着什么，鳊鱼？鲤鱼？黑鱼？昂刺？青虾？水草上一定缠着螺蛳，水草下一定有河蚌在吐着舌头。船舷两边的水流在我们好奇的目光里快速地向后退去，清晨的太阳照在我们躁动不安的身体上，照在我们每个人统一的白衬衫、蓝裤子和白色的球鞋上，这是我童年里穿的最好的衣服，感觉是我们最漂亮的时刻。

四个小时不知不觉过去了，我们从幸福河出发，进入了车路河，然后穿过了蚌蜒河，沿着梓辛河终于到了目的地——大垛。现场会在一个很大的广场上，最前面搭了一个大台子，台子两边是两个大喇叭，喇叭里正播放着豪迈的《运动员进行曲》。台子下陈列着一些农副产品，一颗巨大的南瓜吸引了我，比一个七八岁的娃娃还大。现场会除了展示农副产品，主要目的是表彰先进，而最大的看点其实就是各地来的表演。有挑花担的、摇花船的，还有舞龙的、打连枪的，比过年还热闹。人们唱起了茅山号子、林湖秧歌，还有《杨柳叶子青》《好一朵美丽的茉莉花》，没有话筒，却高亢清爽，如雨后的天空让人神清气爽，神魂飘荡。一个穿着绿色绸子服装的女子，腰间扎了一条大红的飘带，藏在纸盒子糊成的河蚌里，两只手扇动着巨大的蚌壳，我们知道这是河蚌精。因为我们前不久刚刚看过一部关于鲤鱼精的电影《追鱼》，我们发现妖精都很漂亮，不管她是鱼变的、蛇变的，还是狐狸变的，除了白骨精有点让我们害怕外，其他的我们都很喜欢，觉得她们很可爱迷人。扮演河蚌精的村姑虽然脸上简单地化了妆，但她的美丽还是抑制不住地流露出来，许多人的目光停留在那两扇巨大的蚌壳上，停留在她骄傲的胸脯上，甚至停留在她的眼睛里，她的嘴唇上，她弱柳扶风般的柔韧的腰肢上……

我们的连枪表演也成了现场会表演的一个亮点，我们稚嫩的脸庞写着清纯的骄傲，我们整齐划一的动作吸引了大家的眼球，最后我们连枪的脆响把现场会推向一个高潮，淹没在真诚热烈的掌声里。现场会结束，我们第一次在外地的食堂享用了集体午餐，菜很多，水乡人所流行的

"六大碗"都全了,有肉烧慈姑、大蒜炒猪肝、肉圆、肚肺汤、杂烩、红烧鱼,比普通人家过年还要丰盛,我们尝到了童年里最好的滋味,以至于回到家还回味无穷。

4

暑假快要来临的时候,尽管天已经有点热了,我还是穿着上次去区里现场会表演穿过的衣服,白衬衫蓝裤子,白衬衫塞到裤腰里,一条有五角星的帆布带系在裤腰上,这是哥哥送给我的小学毕业礼物。那双白球鞋穿了好多次,尽管二姐给我洗完的时候总要在上面放一张白色的卫生纸,希望能留住它的白,但它还是明显地有点黄了,无奈,我从教室里拿了一支白色粉笔在上面擦了擦,果然一下子白多了。

我们坐在学校一间大会堂里,一起唱起了歌:"让我们荡起双桨,小船儿推开波浪,海面倒映着美丽的白塔,四周环绕着绿树红墙。小船儿轻轻漂荡在水中,迎面吹来了凉爽的风……"虽然我们都没去过公园,也没有荡起过双桨,更没有见过什么美丽的白塔和绿树红墙,但歌声还是感染了大家。唱着唱着,我发现身边的几个女生，她们稚嫩的脸上流着清澈的泪水，也许想到了毕业，想到即将到来的分别，想到了即将逝去的单纯而天真快乐的童年，我的心里突然涌起一股莫名的忧郁，友谊真的能地久天长吗？

拿了小学毕业证书，散了会从大会堂出来，我们几个要好的同学一起去庄上唯一的照相馆拍了照片，大家纷纷掏出自己口袋里的零钱，有两毛的、一毛的、五毛的，我们凑在一起交给了照相馆的师傅。从照相馆出来，大家的情绪都比较低落，谁也没说话，最后还是小兵打破了沉默："我家大人今天正好不在家，不如大家一起到我家碰头，怎么样？我们也学习大人，为我们的小学毕业一起聚餐庆祝一下。""可是我们没钱了呀，钱都给了照相馆了。"建国有点后悔似的说。"这个没事，我有办法。"小兵蛮有把握地说，"你们等一下，我去家里拿一下东西就来。"我知道小兵肯定是回家拿捕鱼工具了，果然，小兵来的时候扛了一把蹚网子，蹚网其实就是一根竹竿顶头绑了一个网兜一样的东西，这个本来是伸到河里蹚螺蛳用的，也能蹚到鱼。我们几个把毕业证书送回家，和各自的父母说了声，中午毕业聚餐，就一起跟在小兵后面向东边的大河边走去。

小兵不愧是我们心目中的鱼王，一个多小时，我们的篓子里已经有了一些小鱼小虾，当然最多的是螺蛳。他到大顾中学的园地里偷偷地割了一把韭菜，掐了一把红红的苋菜，又顺便弄了几个青椒。种培回家拿了三四个鸡蛋，建国回家偷拿了一些黄豆，向挑担子的人换了两块豆腐和两张百叶。我把父母放在一个铝饭盒中留着我平时吃的几块咸瘦肉，从家里拿了出来。这样我们聚餐的菜就够了，有鱼有肉，尽管肉每人只有一片，鱼和虾烧在一起只有一小碗，青椒炒蛋，豆腐汤，炒苋菜，韭菜炒百叶，红烧螺蛳。种培说："我们有十四个菜，比六大碗还多呢。"建国数来数去，还是没有十四个。我笑了："你个笨蛋，韭菜不是就九个菜了吗？"建国摸着头不好意思地笑了。建高说："光有菜，没有喝的东西，不能算聚餐。"他回家把他父亲喝剩下的半瓶酒悄悄从家里偷出来，每个人倒了一点，大家举起杯子像人家吃宴席一样，碰了一下，有点梁山好汉的豪壮。建高说："你们还在本庄继续读初中，还能经常见面，我成绩不好，家里弟兄又多，父亲不让我上了，我要出去打工了。"本来因为难得的聚餐而兴奋激动的我们，听了建高的话，一下子充满了忧伤，我们又一起端起碗敬了建高：祝他闯天下一路顺风。酒虽然不多，但第一次喝，我们仿佛一下子由男孩变成了男人，长大了许多，我们红着脸，乱七八糟地躺在小兵家的席子上，我们甚至说到了自己心目中最喜欢的某个女生，我们哈哈大笑，笑声里还有一丝年少的羞涩。傍晚，我们几个在学校的操场上游荡，我们坐过的教室门紧闭着，同学老师都已不知去了哪里。

一天，下班后我没有回家，我走在当年小学的操场上，如今这里已经改成了敬老院，有几个五保户住在里面，操场还在，不过已经缩小了一半，这里正在进行送电影下乡活动，屏幕上的人比地上的人多，只有一个村民手里捧着饭碗，孤独地坐在小凳子上，陪着放映员。学校里空空荡荡的，有一些下落不明的忧伤，在月光里飞扬！

第十章　北风呼啸

1

一个星期天的下午，我正在家里睡得天昏地暗，做着考试答不出题急得要哭的梦，突然被建国推醒："老平，老平，快去看，大船回来了，大船回来了！"我一骨碌从床上起来了，脸也没顾得上洗，就和建国一起来到了东边的大河边。果然，大河边站满了人，队里唯一的一只大水泥船靠岸了，船上堆得高高的是山一般的茅草，这是庄上下海剐草的人回来了。

秋收结束，麦子播种完之后，庄上基本进入了农闲。这时队长就组织一批人下海剐草，这里的"海"就是我们东边的东台、大丰一带的黄海，海边地广人稀，长着许多茅草，大人们叫下海拾草，我们根本没见过海，更不知道如何在海里能拾到草。但他们一回来，家家户户都可以分到一些茅草，可以盖房子用，也可以编织冬天穿的"毛窝子"——外面用茅草编织成鞋子的形状，里面塞进一些碎布或棉花，冬天穿了自然像棉鞋一样暖和。我们还不懂得茅草对我们生活的作用，我们感兴趣的是茅草上的果子——那些茅草花。我们第一次发现茅草也有果实，一个个椭圆形的，用手掰开，里面是白色的茅草絮，放在手上，用嘴一吹，就像风中的蒲公英一样，在空中飞舞。随着大船的回来，整个村庄的上空飘散着白色的茅絮，与家家户户烟囱里冒出的炊烟一起袅袅在乡村宁静的黄昏里。

这一天，不知为什么，那些剐草回来的人家的大门关得特别早，我怀疑他们是从海里带回了什么好吃的东西，一家人关起门来享受了。但我们的目标还是那些茅草絮，吃过晚饭，我们在月光下，在有些人家的茅草堆前寻找那些能给我们带来快乐的茅草果。我想不到，在这样一个月光朗照的夜晚，我竟然遇到了红莲。

红莲和我一样大，都属猴。母亲经常跟我开玩笑说，红莲不错，这孩子长得水灵，人又机灵能干，将来给你娶回来做老婆。我对老婆还没什么概念，开始我喜欢的是像学校一位老师那样的女人，后来觉得将来要找个像小兵表姐小星那样的城里人，这是我最大的理想了，我在心中暗暗告诫自己要发奋读书，将来能考上中专转户口包分配，吃上国家粮拿着国家的工资。红莲的母亲去世得早，她与父亲相依为命，在我的印象里，她家里的事都是她做的，做饭洗衣服，料理家务，她那个父亲只会守着几亩田干死活，勉强维持生活。我们从小学一年级到六年级一直在一个班。后来上初中时才分开，我在初一甲班，她分在初一乙班，就在我们班隔壁。我们早上几乎同时到学校，晚上也一起回去。初一快放暑假的一个周末，她写好字条偷偷把我约到我们学校的一个小树林里。红莲忧伤地对我说："我初二不上了，准备下田干活，我爸爸年纪大了，一个人种五亩田太累，我不想让他太累。"我不知道她为什么要和我说这些，不过我第一次离她这么近，午后的阳光透过高大的杉树林照在她泛着红晕的脸上，我才发现她的脸是鹅蛋似的椭圆形，蛮好看的，双眼皮，眼睛特别大，和我说话时，扑闪扑闪的，皮肤似乎比小兵的表姐小星还要白嫩，头上扎着一条辫子，上面是红色的头绳，就像《白毛女》里的喜儿。我不知道红莲为什么要对我说这些，我想劝劝她，继续和我一起上学，她成绩还不错，考个高中应该还是可以的。可是我始终没有说出来，我的目光不经意间扫过她的胸部，我才发现她的胸脯鼓鼓的，仿佛藏着两只随时要从衣服里蹦出来的兔子似的。我感到自己的脸有点烫，我忙转移目光说："你这么小就不上学，能吃得了苦吗？"红莲苦涩地笑了笑："我已经习惯了！"

红莲小声地对我说："你明天晚上有空吗？明晚天黑后你来我家一趟，我有个礼物要送给你！"说完，也不等我答复就走了。我发现红莲的背影很好看，像月光下河边的杨柳，在风中轻轻摆动，我呆立在原地有好几分钟。

第二天，吃过晚饭，我怀着忐忑不安的心情一直等到太阳落山，天终于暗了下来，我的心里却升起了一轮月亮。我向母亲撒谎说："我去维宏家问个作业。"维宏是我的堂哥，成绩很好，一直是我学习上的偶像。父母最喜欢我和他玩。红莲家住在离我家不远的东北边的巷子里。我故意拐了几个巷子，最后看看没有熟人，就一下子进了红莲家不高的草房子里。房子只有两间，堂屋里放着一张床，估计是红莲的父亲睡的，从那上面放的男人的衣服可以判断出来。桌上的煤油灯散发出昏黄的光，红莲不好意思低低地说了句："罩子灯的玻璃罩子坏了，还没买。"看到我小心翼翼的样子，她说，"我爸爸出去给人家做工了，明天才回来，家里就我一个人。"我好奇的是红莲会给我什么样的礼物，我甚至开始考虑，自己要回赠她怎样的礼物，我的零花钱还有几块。外面传来几声狗叫，红莲忙去关上堂屋的门，好像知道我怕狗似的。我坐在堂屋里一个中间有洞的木凳子上，等着红莲给我拿那份神秘的礼物。我闻到一股香皂的味道，看来她刚刚洗过澡，头发松松地垂在肩上，散发出略显成熟的气息。我问："你给我的礼物呢？"话刚说完，红莲一下子搂着我的头："书呆子，这就是礼物。"她白色的汗衫已经撸起，我的脸贴在她柔润的腹部，我一下子手足无措，她紧紧地搂着我，嘴里喃喃道："你不知道我喜欢你吗？我把自己给你，你将来有本事了一定要娶我。"我嘴唇上刚刚长出的稀疏的胡须摩挲着她的肌肤，红莲一把把我拉到房里，把我按在她的小床上，我突然明白了是怎么回事，我不能失去我的童子身，我的未来在远方，绝不在这个小小的庄子上，我挣扎着从床上爬了起来，我的嘴里坚决地喊着："不要！不要！"我拉开房门不顾一切地冲了出去，消失在月色中。

我已经好久不与红莲说话了，我们见到了也有意避让对方，有点不是朋友便是敌人的味道。想不到今天我们在找茅草果的时候会碰见她，她的头发有点蓬乱，像是刚从茅草洞里出来一般，头发上身上沾着几棵茅草，令我惊讶的是，和她一起的是我们庄上河东的一个青年，我认识他，绰号叫歪嘴，比我们大两三岁，初中毕业了，他父亲在乡里的银行做行长，据说等着接班安排工作。看看两个远去的背影，小兵惋惜地说，唉，我们庄上的处女又少了一个。我的心情却是欣慰，我希望红莲嫁个好老公过上好日子，她太苦了，一个女孩三岁就死了妈妈，真不容易。

不知什么原因，那个叫歪嘴的青年却没能接到父亲的班，也没有被安排工作，据说是歪嘴的一个姐姐非要接班，否则就要自杀，做行长的父亲实在没办法，只得让厉害的女儿接了班，歪嘴的姐姐成了银行的一名工作人员，当然行长让女儿承诺，以后父母的养老送终都由女儿负责，不要儿子歪嘴承担。红莲听到消息之后，大哭了一场，又到歪嘴家大闹了一场，我从来没看过她这么凶过，但此时的红莲肚子已经大了，生米煮成熟饭了，不久就结婚了，在我到外地求学的时候，十八岁的红莲就生下了一个女儿，做了母亲。

2

大麻子突然死了，庄上弥漫着大麻子的死讯。大麻子并不是什么名人，大麻子脸上的麻子其实并不多，小时候出了天花，脸上有了星星点点的小坑，大麻子是二麻子的哥哥，弟兄三个，除了老三三麻子找了对象外，老大老二都打着光棍。大麻子比二麻子要善良一些，庄上人的口碑要好些。

二十多年前的冬天似乎比现在更冷，河里的冰块很厚，小孩都能在上面溜冰，那时候大麻子才三十多岁，虽然没讨上老婆，但大麻子力气大，在庄上有活干，经常被人家请去挑粪、脱粒、扛粮，所以衣食无忧，有时还弄点小酒。一天晚上，寒风呼啸，大麻子在杀羊的沈国同家帮了忙回来，正准备上床睡觉，突然听到门口断断续续传来婴儿微弱的哭声，大麻子以为是鬼在作怪，但自己刚喝了一碗羊肉汤再加上二三两酒，身上一阵阵燥热，就壮着胆子出来一看，在门口有一个破棉袄裹着的东西，大麻子掀开破棉袄的上方一看，吓了一跳，是一个小孩，脸不知是哭的还是冻的，通红的，大麻子骂了一句："谁这么狠心，把自己的孩子扔掉。"大麻子抱起孩子，但一想到自己光棍一个，根本不会弄孩子，就又放下了；孩子哭得更厉害了，哭声仿佛要划破寂静的冬夜。总不能让孩子冻死吧，毕竟也是一条命啊！大麻子想，人心都是肉长的，先把孩子抱到屋里再说。到了屋里，孩子还是哭，大麻子估计是饿了，可是自己这里也没奶呀。大麻子赶到杨寡妇家，一敲门，杨寡妇边开门边埋怨说："要来不早点来，这深更半夜的，还不把人冻死。"大麻子进了门，说：

"有急事找你。"大麻子坐到杨寡妇的床边把门口发现婴儿的事情一说。"这估计是哪个大姑娘家生的，如果是结了婚的人生的不会这么狠心，是男是女毕竟是自己的亲骨肉。"杨寡妇开玩笑说，"我现在又没有奶水，你找我有什么用？"杨寡妇的话提醒了大麻子，他腾地起身，也不顾杨寡妇的挽留，去了杀羊的沈国同家。大麻子给孩子喂了些没有放盐的羊汤后，孩子慢慢睡了，一直到天亮才醒。

第二天，大麻子从沈国同家牵回一头刚生完小羊的母羊，羊奶热一下，用杨寡妇给的奶瓶喂婴儿，小孩不哭也不闹了。杨寡妇对大麻子说："不行，这孩子你不能要。"二麻子也来劝他把孩子送走。大麻子有点动摇了，他让邻居和庄上的干部帮忙想想办法，邻居都说："谁也不知道这孩子有没有病，如果有个先天性的心脏病什么的，那就是来了个讨债鬼，谁敢要。"大麻子赶忙申明说："我看了，孩子身上好好的，一切正常，大人一逗，还会张开小嘴笑呢！"也有庄上不能生育的夫妇来看看情况，可奇怪的是他们一抱，小家伙就哇哇大哭，他们一走，小家伙的小嘴里就发出快乐的声音。大麻子有点舍不得了，这孩子和我有缘哪，我不送人了，有我一口吃的，绝不给孩子半口，他下定决心了。

在农村，一个光棍男人带着个孩子是多么不容易，生活的艰辛可想而知。大麻子打工的钱除了吃饭之外都给了三麻子的老婆——自己的弟媳妇巧珍，自己没空的时候请巧珍帮忙带孩子。女人带孩子就是与男人不一样，巧珍开始心里还有点不愿意，给人家带孩子，不如自己多生一个过继给老大呢。但看到老大给的钱不少，后来也就慢慢适应了，而且与孩子有了感情，当作老大亲生的一样抚养。大麻子为了女儿，又多打了几份苦工，后来女儿上学了，初中毕业学了医，当了个赤脚医生，在本庄嫁了人，丈夫做民办教师，一家人生活得倒也幸福美满。

女儿生了个儿子，有人叫外公了，大麻子很高兴。大麻子老了，得了一种奇怪的病，被隔离了好长一段时间，女儿也为他找了医生做治疗，但就根治不了。一开始女儿也服侍大麻子，为他端茶送水的。俗话说：久病无孝子！渐渐地女儿来看他的次数少了，后来怕传染，也不让外孙来看他了。大麻子总在想，自己做了善事，应该善有善报，怎么五六十岁的人了还得了这种病，真是让人想不通。女儿已经好长时间不来了，外孙更不用说了。

冬天到了，大麻子的病情更严重了，自己已经根本不能做饭，连水也不能烧了，水缸里的水也没了。一天，大麻子实在口渴得厉害，但他已经行动困难，怕邻居们发笑，大麻子白天不好意思出来只好忍着饥渴，等到了夜里出来，一直爬到河边，喝了冰凉的河水。大麻子回到依然孤身一人的家里，躺在稻草上，看着破旧的沾满了蛛丝网的屋顶，不禁泪如雨下，自己怎么就过到这种地步了呢？本以为捡了个女儿是前世修来的福分，以为自己的下半辈子有了依靠，可是现在女儿对他不闻不问，连水都没得喝一口，老泪纵横的大麻子越想越悲伤，越想越觉得活着没有多大的意思。

有一天清早，去河边淘米洗东西的人，在上冻的河边发现了大麻子的尸体。据邻居说：大麻子给了他二十块钱，让他帮忙买了一斤牛肉、一斤羊肉，还有一瓶"分金亭"酒，余下的钱没要，还给了他十块钱当作跑腿费。人们说：大麻子是活活被牛肉羊肉撑死的、被酒烧死的，如果有人发现，也许还有救。大麻子的女儿草草给他办了后事，据说从大麻子家里没有得到一分的余钱，庄上的人都说大麻子的女儿不孝顺，也有的人说，大麻子的女儿蛮孝顺的，只是害怕被传染，有人看到大麻子的女儿在大麻子的坟前哭了好久。大麻子的女儿在庄上走动的时候，总有人在背后指指点点，仿佛大麻子就是她害死的。可能人言可畏，加上乡里整顿民办教师，大麻子的女婿就带着他的女儿到苏南弄大船去了，结果一次在长江里行船，遇上大风，船是重载，不幸沉没，夫妇俩被淹死了。

3

一进入腊月，整个庄子上显出了忙碌的景象，有钱没钱照样准备过年。虽然没有多少瓦房，但除旧迎新，家里还是要简单收拾一下的，洗洗床单被褥，修修窗户，用竹竿绑上掸子掸去屋上的尘土与蜘蛛网，把罩子灯的玻璃擦亮，给灯灌满煤油，把厨房里烧的草准备好，把水缸挑满。剩下最重要的事，就是去庄上的浴室洗个澡，有条件的就在家里洗，他们用一个塑料布一样的东西挂在大木桶四周，叫"浴帐"，有了"浴帐"，木桶里的热水不易冷，人在里面洗好了，出来穿衣服，或者擦干身子直接钻到被窝里。

我家没有"浴帐"，只好跟在父亲后面去庄上唯一的浴室洗澡。澡堂里的人多，有人是半夜去洗，有的人甚至等到天亮换"汤"的时候才去洗。不大的水池子里，坐满了人，有的人坐不下来，只好站着，用毛巾蘸着水擦洗自己的身子。我的脚下了池子能探到一层人们从身上洗下来堆积在池底的污垢。空气中散发着一股说不出的味道，有点尿臊气，仿佛混合着人体在水中浸泡发出的独特气味，这也许就是澡堂特有的味道，总之，一闻到这种混合的气味，我就明白自己一定是在澡堂里。父亲喜欢水烫，他说烫了止痒；我喜欢温水，有时池子里太烫了，我就坐在边上，用毛巾蘸着水洗，父亲怕我洗不干净，总是要帮我擦背，我不让。我说："我自己会慢慢洗干净的！"我把毛巾放在身后用两只手来回拉，这样后背也就洗到了。父亲带儿子来洗澡是普遍的事，但也有父亲带女儿来洗的，是小女孩，三四岁或五六岁的小女孩，大抵是母亲没去洗澡，父亲为省几个钱，顺便带在身边来洗。有人抗议，怎么教育孩子的？这样对孩子的成长不利。但每次洗澡，我照样能看到有小女孩被大人带进男浴室。在回去的路上，我说了句："女孩怎么能带进男浴室呢？这些人也真是的，就为了省几个钱？"父亲斜了我一眼，笑了："小孩子家，懂什么呢，你小时候不也跟你妈进过女浴室吗？"我却想不起来了。洗了澡，晚上我很快进入了梦乡。水汽朦胧中，我发现自己在一大堆赤身裸体的女人中间来回穿梭，一片片白色和粉红在我的眼前翻飞，令我眼花缭乱，我正想睁大好奇的眼睛一探究竟，突然一阵风吹来，我赤裸的身体忍不住颤抖了一下，醒了，原来是一个梦。维宏来喊我了，其实他不是来喊我的，是来喊我父亲的，他说，现在人不多，让我父母去小春家舂糯米粉。我立即爬起来，快速穿好衣服，和他们一起去了小春家。

小春家离我家不远，在一条巷子里，正好与维宏家对门，我们这附近就小春家有个舂米的碓臼，平时不大用，只有进入腊月的时候特别是临近春节的时候才忙。在我们水乡，每家每户过年都要做"团"——就是用糯米粉和上水，一个个捏成圆形，然后放到笼上蒸，蒸熟后放到清水里养着，吃上一个月也不会坏，之所以叫"团"，大概是取团团圆圆之意。我看到父亲做"团"之前先把糯米用水浸泡几天，当然还要浸泡一些粳米，因为全是糯米代价太大，而且太黏了，"团"不容易立起来，所以糯米和粳米按照一定比例来搭配。浸泡好，就到舂米的碓臼上舂成米粉，再做出圆圆的"团"放到笼上蒸。舂米粉是要排队的，适当地给些钱，有的人家"团"蒸好后会送些给小春家算工钱。舂碓必须两个人才能完成，母亲坐在前面往碓里放入米，父亲在后面踏起木头的跳板，一下一下地舂着泡好的米，随着父亲脚下的一起一伏，"咔嗒咔嗒"的声音有节奏地响起。我顺便在小春家玩，小军也来了，我们约好了大年初一一起去拜年。两三个小时后，我们家的米粉舂好了，小春的父母不在家，小春不肯要钱，我父亲硬要给，小春没办法只好象征性地收了一块钱，谁让我们是好朋友呢。

米粉到了家里，必须连夜把"团"蒸好，不然时间一长米粉就可能坏了，于是一家人挑灯夜战，父亲烧火，母亲在土灶上忙碌，每次把三层笼屉装满了，就开始蒸"团"，熟了之后，连笼布一起倒在一个大匾子里冷却，然后把笼布洗一下，再放到笼里，继续装做好的"团"。我晚上瞌睡，第一批"团"出来时，我吃了一个热烫烫的，第二个吃得快了一点，把眼泪都噎出来了，我喝了一口水，一个人先上床了，毕竟是腊月寒天，外面还是很冷的，到了被窝里就不一样了。第二天起床，看到家里的匾子里一排排连在一起的"团"，已经冷却变硬了，母亲把它们一个个掰开，放到缸里，加了水，这样一缸"团"就安安静静地待在那里，等着人们每日不断的光临。

蒸"团"的大事一结束，意味着我们期盼已久的春节终于要来了。庄上开始飘散鱼肉的香味，平时难得吃上的菜肴一下子聚集在家里的桌子上，母亲在鱼里放了白萝卜一起煮，这样鱼冻起来既好看又好吃，分量比平时多了许多。肉圆里掺了面粉，就不那么肥腻了，还在锅里油炸的时候，我就迫不及待地等在锅台边上，但母亲总是先把过年来人到客要用的肉圆油炸好，金黄色，滚圆的，一粒粒装在碗里，到最后的时候，炸几个火老一些的现吃，从菜油锅里捞出来，冷一下，放在嘴里一咬，脆脆的，酥酥的，满口喷香。这时候母亲总是有创意地把剩下的面粉捏成一个个小长条，放到油锅里炸，这就是所谓的"馃子"了，虽然没有供销社卖的馃子上滚的白砂糖，也不是用糯米做的，但我特别喜欢吃。过年对我们来说，还意味着有一套新衣服，我平时的衣服都是以前的旧衣服改的，特别是棉袄，里面是姐姐以前在家里穿的花布的，母亲只在外面给我重新做了一件蓝色或黑色的"壳"，叫脱壳棉袄，天暖了，里面的棉袄抽掉，外面的壳就是一件外套。令我们更兴奋的是还有红包，虽然只有几毛钱，但那是我们一年的零花钱哪，是我们可以自由支配甚至任意挥霍的。

4

大年初一这天，我们所有小孩都一改平时睡懒觉的习惯，比大人们起得还早，穿好新衣服，早饭也不吃，等着吃给人家拜年得到的花生、馃子、麻饼、糖果等。我第一个去的是大伯家，大伯与父亲虽不是亲弟兄，但有一个共同的爷爷，属于老四房，关系还是比较紧密的。大伯曾经做过区长，拿着退休金，儿女都在外面工作，是国家工作人员，他家是我们这一带条件最好的，我拜年的第一站就是大伯家。我一改平时的羞涩，轻轻地喊了声："祝大伯大妈身体健康！"大妈把早已准备好的花生、牛奶糖，还有馃子、麻饼之类的抓了一大把给我，我的手几乎放不下了，只好把花生和牛奶糖放到新棉袄外面的口袋里，馃子、麻饼有油，只能拿在手里，大妈又顺手塞给我一个红包，我谢过大妈，立即回家，我要把首批战利品送回家，再继续出来拜年，这时候，我才发现自己衣服的口袋实在是太小了。

去亲戚家拜年，一般都是我自己去，而去陌生人家拜年，我们则要结伴而行。小春这时就成了我们的头，我们都喜欢跟在他后面，因为小春和我们是好朋友，更重要的是，小春口齿伶俐，嘴比我们会喊人，见人一脸笑，讨人喜欢。每到一户我们要拜年的人家，总是小春在前面喊：恭喜发财！我们几个则躲在他后面沾光，这也许就是我们喜欢跟他一起去拜年的理由。可是当我们几个集合好等待小春来给我们带队的时候，却从维宏那里传来一个不好的消息，小春出不来了，小春一早起来上厕所，也不知什么原因，身子一歪掉到自家的粪坑里了，唯一的一件新衣服被剥下来洗了，他没有新衣服穿了，只能躺在床上。我们对小春充满了同情，更多的是惋惜，没人带我们去陌生人家拜年了，我们的春节物资大大减少了，我们只好跟在舞龙的或挑花担的后面，一路走着去看热闹了。

　　几乎所有的喜事与热闹都集中在正月里了，正月初一到初六，办喜事的人家很多，庄上有句俗语：腊月里的债还得快，就是指亲戚之间的人情往来。一般的人家有喜事，会请庄客——只带一客，不需要出份子钱。有一次，人家请庄客，父亲要去另外一家，就让我去替吃，我开始不好意思，但听父亲对"六大碗"菜肴的描述，也就动了心，在邻居大人的陪同下充当了一次替吃的角色。到了那家人家，邻居替我解释说：他父母到另外一家吃饭了，派他儿子来代表一下。主人家自然说：一样一样。我就找了个角落，在一张八人方桌边坐了下来，耐心等待宴席的开始，这是我第一次单独出门做客，也是我第一次了解到做客的礼仪：不要坐在主位子——我们的土话里最大的位子叫"上岗子"，要坐在最小的位子上；一般对门为大，对着桌子缝隙的是小位子，但如果是亲戚就不同，即使是小孩出场，如果他是代表大人或人小辈分大的，也要坐在主位子上；吃菜的时候，人家不动筷子，你也不要动，人家筷子放下，你也要放下；有人来敬酒要主动站起来表示感谢，散席的时候，主位上的人站起来离开，你才能离开，提前离开是不礼貌的。我像林黛玉初进贾府一样，跟在别人后面学着，亦步亦趋的，所以替吃的这顿晚饭就吃

131

得规规矩矩，颇有仪式感，宴席结束时，我发现竟然没有吃饱，最让我伤心的是，我竟然和小春一样，掉到了粪坑里。吃完晚饭，我没找到那个带我来的邻居，估计他酒喝多了，先走了。天比较黑，没有月亮没有星星，这段路平时我不常来，比较陌生，不知怎么回事，走着走着，我竟然走到一户人家的猪圈前，我不知自己是否要小便，但当我向前跨了几步时，我突然听见咚的一声，我掉进了一个坑里，奇怪的是我竟然是双脚站在里面，我吓得大叫起来：救命啊，救命啊！旁边散席路过的人，赶来用手电对着我一照，我才发现自己站在一个圆形的粪坑里，幸亏春节前粪坑刚刚清理过，里面的粪不多，只到我的脚面，我被好心人拉上来，又把我送回了家，母亲看到我的样子，把父亲劈头盖脸地骂了一顿。

我像小春一样，在床上躺了几天，等待衣服晾干。转眼，十六夜就到了。农历正月十五是元宵佳节，可我们水乡兴化，却是农历正月十六最为热闹。因为舞火把、跨火堆等节日活动都是在晚上进行，所以我们当地人把它叫作"十六夜"。关于"十六夜"的由来，有两个不同的传说。一种说法是明朝的状元宰相李春芳准备回家乡过元宵佳节，然而在路上耽误了行程，到了正月十六才到兴化，为了庆祝宰相回乡，乡亲们又聚集在一起点灯笼、放鞭炮，热热闹闹的，"十六夜"就一直传了下来。另一种说法是朱元璋打败了张士诚，由于之前损失过大，迁怒兴化，就想杀点兴化人，解解气。于是就定在正月十五这天派军队到兴化杀人，谁家大门上有灯笼就说明过得好，就杀。刘伯温知道了，想救兴化老百姓，就装作仙家来到兴化，教兴化人正月十五不要过，也不要点灯玩灯，要等到十六夜再点灯玩灯，否则会有灾祸。到了正月十五晚上，朱元璋派来的人到兴化了，看见整个兴化基本上没有人家点灯，只有少数的几个不相信刘伯温的人家点灯，结果被杀了。第二天，兴化的老百姓发现后，全部相信了，从此以后，兴化只过十六夜，不在正月十五玩花灯。

我们水乡过"十六夜"有好多习俗，在我们孩子中间有个顺口溜："十六夜，剥糍粑，吃了糍粑划连叉；十六夜，跨火叉，跨了火叉霉气趴。"这里的剥糍粑其实就是烙糍粑，用米粉加水调和成糊状，倒入抹过油的锅中煎烙成两面金黄的块状糍粑饼，吃起来香香的黏黏的却又是脆脆的。我们儿歌中的"十六夜，烙糍粑，糍粑黏，买块田"，饱含了美好的愿望，希望家里当年能买田置地。有的人家，也用春节期间剩下的"团"，把它切成片，放在油锅里煎烙，也有一样的效果。"十六夜"还有舞火把、跨火堆的习俗。舞火把，就是用一根比较长的木棍（超过

133

一人长），一端绑上稻草，另一端则由舞火把的人双手持着绕麦田奔跑，直到火把上的稻草全部烧尽为止。据说舞火把能驱赶庄稼地里的害虫，保佑庄稼在这一年里风调雨顺，有一个好收成。有时火把的火比较大，等稻草全部燃尽的时候，木棍的一端都被烧焦。我们这里的人每年"十六夜"个个要跨火堆，我们一般先在门口的广场或巷子里点燃一小堆草，人从上面跨过去，据说能把去年的晦气跨掉，胆小的就跨小火堆，胆大的就跨熊熊大火，我们要来回跨三次，也有跨得幅度不大的，把裤子烧了个洞。每年的"十六夜"，庄上都会烧掉好几个草垛，但是也没人骂。

我们跨了火堆之后，就放一些春节留下的鞭炮或向地上扔掼炮，然后就跟在大人后面看人家请"灰堆姑娘"。灰堆其实就是垃圾堆，只不过平时的垃圾不多，家家户户烧草，自然草灰就多。据说灰堆时间越长越灵，要请"灰堆姑娘"先看看谁家的灰堆时间长。我们去主要是看热闹，当然那两个搭着畚箕的姐姐也是我们关注的对象，主要是最后，我们还能分到一点敬"灰堆姑娘"的瓜子糖果之类的吃食。有人说，是那两个姑娘在写字画画，可是我们想不通的是，那两个姑娘是怎么保持一致的，一个人写字容易，但两个人同写一个字就很难了，而且画的画更奇怪，据我所知，两个姑娘平时根本就不会画画呀，我们带着迷惑，带着疑问，陪她们一起把"灰堆姑娘"送到当初请回来的灰堆旁，带着一种美好的神奇进入了梦乡，寒假转眼间过去了，马上就要开学了！

现在过春节，城里不许放鞭炮，又少了许多民俗活动，大家整天翻着手机，确实少了很多年味，按照上面的要求，我准备把村里的乡村大舞台先搭建好，这样也便于村民开展文化活动。可是一个舞台要三五万块钱，正好春节期间，我回了趟大顾庄，找到了老同学寿田，看他愿不愿意捐助。我们一起吃饭，他想送我一盒高档的安吉白茶，两条香烟。我说："我不抽烟，本来请你帮忙的，怎么好要你的东西。"寿田说："我们老同学就不用客气了，说老实话，镇里的干部也来找过我，我对他们讲，我在贫困山区捐了好几所学校，不信你们可以去查查，我喜欢自己去做。"我把村里搭建乡村大舞台的想法告诉了他，寿田说："老同学，我就不驳你的面子，这样，乡村大舞台我独资请人来建，你只要把标准给我，我保证建好。我不但要建乡村大舞台，老同学，你还要帮个忙，找个地方，让我建村里的停车场。"我一听，高兴极了，一改我平时怕喝酒的毛病，一仰头，把杯中的酒一口干了，要知道停车场一直是我挂职后心头的一件大事，想不到老同学一下子就给我解决了。他送的烟和茶我都没拿。

第十一章　夫妻双双把城回

1

开学的第一天，大家都穿着过年的新衣服，虽然大家的衣服都换下来洗过，但还是一眼就能看出来是新的。第一天见面，课间的零食也比平时丰富多了，老师也没禁止学生带零食到班上，于是花生、糖果和其他的零食一起相会了，似乎年味还没有散去，飘荡在教室里。开学两天后，我才发现我的同学小兰没来。

几天后听班上知情的同学说，小兰转到县城上学了。小兰的妈妈叫红霞，爸爸叫绕旗，红霞是当年随着她父亲下放在我们庄上的，后来不知怎么的就嫁给了我们本庄的绕旗，绕旗家兄弟姐妹多，家庭也不富裕，但绕旗个子高大，皮肤白净，根本不像个农村青年，可能红霞看上的是他的帅吧，而红霞的父亲自然是看他老实本分，干活认真，是庄上的大劳力。关键是红霞的父亲也不知道政策落实得这么快，他们一家要回城了，这对红霞的妹妹绝对是个大好的消息，她刚刚十八岁，可以回城参加招工，可是对红霞来讲，就不是那么简单了。

绕旗看到红霞在床上翻来覆去似乎睡不着，绕旗就试图把身子压上去，红霞把他一把推了下来，差点跌到床下。"你还有心思快活？"红霞有点恼怒。绕旗有点不解："你能回城不是好事吗？我们应该庆祝一下。""好事是好事，可是只能转两个户口，我和女儿的，你还没有名额。"绕旗说："那有什么，你们先回城，等你工作定下来，女儿上学安排好了，我再到城里与你们会合。""你就不怕我们不要你啦？"红霞开玩笑说，"好多回城的家庭都破裂了，我们庄上去年发生的事情你难道忘了。"红霞这一说，绕旗想起来了，他怎么会忘了呢？那可是发生在庄上的一件大事呀！

去年秋天，庄上一个插队的女知青也和红霞一样，有了回城的机会，她家里人让她与丈夫离婚，这样进城更好安排工作，可是那个女知青比较痴情，虽然与丈夫还没有生育儿女，但两人感情很深，妻子舍不得离开丈夫，想把丈夫一起带走，可她父母坚决反对，还跑到庄上找到她的丈夫，让他同意与他们的女儿离婚。丈夫不同意，父母就散布谣言说他强奸了他们的女儿，强行把女儿带走了，还把她关在家里，托人给她介绍城里的对象。尽管自己与红霞当初是她父母同意的，但回城后一旦分开，时间长了难免出问题，绕旗这才意识到问题的严重性，他和妻子红霞一样也无法入睡了。

回城是必须的，为了自己的户口和工作，为了女儿小兰的上学，甚至她的将来，红霞是深深明白这些的。但与丈夫分开又让她于心不忍，她更怕将来在城里禁不住诱惑，自己的观点有所改变，她不能给自己接受诱惑的机会，于是第二天，红霞做出了一个重要的决定，她去找了绕旗的哥哥银旗。红霞说："大哥，我和绕旗有事要请你帮忙。"银旗已经听说弟媳妇要回城的事，所以显得格外热情和小心，他笑了笑："有什么事需要我们做的尽管说。"红霞说："也没什么，我们一家准备回城了，你兄弟的田种不了了，这样田归你种，你只要每年提供我们一家的口粮就行了。"银旗一听，这是好事呀，虽然种田辛苦，但多少有些收入，除去给他们的粮食外，多少还能落下一些，他爽快地答应了："这事包在我身上，你们什么时候要种，随时可以收回，不种，我就每年按时把粮食送到城里。"田的事情谈妥了，红霞开始考虑卖房子的事，房子虽然不是什么好房子，只是普通的砖头红瓦房，但有一个院子，面积不小，地皮值些钱。听说红霞要回城，已经有几个邻居来找过她了，想买下她家的房子，出了两千元。红霞觉得差不多，可绕旗说："不能卖给别人，要卖也卖给老大银旗，银旗家有三个孩子，两个儿子一个女儿，一家人就挤在两间草房子里，实在看不下去。再说了，我们将来是要常回家看看的，肯定要投奔老大，你把房子卖给别人，回来怎么好意思投奔他呢？"红霞觉得绕旗的想法不无道理，可是她说："老大银旗能一下子拿得出这么多钱来吗？""这个你不用担心，亲兄弟明算账，他有钱我们就卖给他，他没钱我们只好卖给别人，我们去城里也要买房子的，总不能白送他吧！"

几天后，房子以一千元的价格卖给了老大银旗，本来银旗还要欠账，绕旗说："老大，我已经做了不少工作，现在房子半价卖给你了，你弟媳妇本来心里就不太痛快，你再欠账恐怕我过不了她那关。"银旗一听，已经占了很大的便宜了，害怕被其他人买走，就东凑西拼地把一千元凑齐了。红霞搬家的时候，银旗出了不少力，忙得满头大汗，当然也收获了许多红霞扔下不要的东西。一个太阳晒得人暖洋洋的下午，红霞带着丈夫和女儿坐着卡车一路颠簸着消失在西天灿烂的晚霞中。

我们班上有个男同学说："唉，小兰同学走，我们大家都没送人家一下，我们真是太不懂事啦！我们的同学情哪儿去啦！"我自然也属于不懂事的人的行列，只是与他们不同的是，我有一天在庄子的西头，对着县城的方向唱了一首我刚从电影里学来的歌《驼铃》，我对着西边无垠的天空，大声地唱着："革命生涯常分手，一样分别两样情，战友啊战友，亲爱的弟兄……待到春风传佳讯，我们再相逢……"一想到不知道何时才能相逢，唱着唱着，我的心里就一下子塞满了莫名的忧伤。

2

母亲病了，她一向白皙的脸庞有点发黄，去乡里的医院，他们怀疑是黄疸肝炎，父亲就带母亲到县城看病，把我一个人丢在家里不太放心，我就一起去了，我还不懂得母亲病情的严重，只知道难得上县城一趟。我们下了轮船就准备去人民医院，父亲问母亲能不能走，母亲一向是个坚强的人，她说："走过去吧，省得再花钱。"结果我们连问路带走，足足走了一个小时，检查完回头的时候，母亲看我有点累不太想走的样子，就说："叫个三轮车吧。"
医院门口停了许多三轮车，父亲说："叫个年轻一点的，
有力气，我们一家三口人呢。"就在父亲左顾右盼寻找合
适的三轮车夫时，一个人踏着三轮车过来了："老队长上
车吧！"父亲一看，这不是绕旗嘛！绕旗丝毫也没有羞涩
或躲避的意思，主动和我们打招呼。父亲问："你怎么踏
上三轮车了？""哎呀，老队长，我和红霞回到城里，红
霞安排了一个工作，在气筒厂上班，福利待遇都不错，我
没工作，可总不能在家吃闲饭靠女人养吧，我就申请了一
辆三轮车，蛮好的，时间自由，可以回家煮饭给红霞和丫
头吃。"父亲说："送我们去轮船码头，你骑得动吗？"
绕旗嘿嘿一笑："老队长，你忘了，在庄上我可是大劳力
呀，有一次我拉了两个胖子三四百斤呢。"父母坐了上
去，我坐在他们中间，三轮车在绕旗的一声吆喝中像一匹
老马开始上路了。

可是车子并没有向轮船码头驶去，而是曲里拐弯地进
了一个巷子，停在一排房子前，绕旗说："老队长你们下
车吧，我家到了。"父亲说："我们要去轮船码头回家
呢，你怎么把我们带到你家了。"绕旗笑了："老队长，
你难得来县城一趟，正好遇到了，到我家吃了饭再走，反
正轮船下午才走。"我们进了他的家，水泥粉的白墙，有

一个小院子，旁边是厨房，水池子在外面，上面一个石棉瓦搭成的雨棚，正屋是两间，里面一间卧室，外面一间客厅，客厅里一张餐桌，边上是一张小床。绕旗说："地方小，没我们在庄上的房子大，这是单位分的。"绕旗倒了茶给我们，让我们坐一会儿，他要出去一下。父亲知道他要出去买菜，就说："你不要去买菜了，家里有什么吃什么，我们吃个顺便饭就回去。"绕旗说："老队长，你别客气，我们一个庄子的，我去去就回来，反正我们也要吃饭的。"父亲拗不过，只好坐下喝茶，父亲吹了吹漂在杯子上的茶叶，用鼻子嗅了嗅，好香啊，好像是茉莉花茶。我看到杯子里有白色的细细的花朵，香味随着热气飘出来，我忍不住凑近呷了一口，好香！

我既期望这顿饭，心里又害怕这顿饭，我怕中午见到小兰——我初一的同学，听绕旗说，小兰进了一所重点初中。将近一学期不见，她又长高了，更漂亮了吧，肯定有了城里人的气质了，她的普通话本来就比我们好。绕旗做饭的时候，听着锅里不时传来刺啦的声音，我做着关于小兰的各种猜想，我甚至想象着我们见面时的害羞。绕旗把菜全做好端上来的时候，他说："我们开饭吧！"母亲不解："等等吧，红霞和孩子还没回来呢！"绕旗说："红霞中午在厂里食堂吃，小兰中午在她外婆那里吃，她外婆家靠近学校，走几步就到了，她们晚上才回来。我骗你们的，要不然你们客气不肯来。"

绕旗拿出一瓶"范公堤"酒，给父亲倒了满满一杯："老队长，你弄点酒，我下午要上街拉客，不能陪你喝酒了。"父亲连忙说："绕旗呀，你真是个老实人哪，又弄菜又让我喝酒的，有机会回去，我一定要好好陪你喝两盅。"小兰没回来吃饭，我既释然又有点失望，只好听着他们聊天。父亲一杯酒下去，绕旗又给他倒了一杯，父亲说："不能喝了，喝多了回不了家了。"绕旗说："你老队长的酒量我们庄上谁人不知哪个不晓哇，你当年在中学里与工友打赌喝了一热水瓶酒吃了一个猪头呢！"父亲不好意思地笑了："好汉不提当年勇，现在岁数大了，酒量小了。"父亲夹了一块五花肉放到嘴里，嚼着嚼着似乎从嘴里冒出了油，"绕旗你的手艺也越来越好了！"父亲赞叹道，"我这可不是吃得好说得好，我是实话。"绕旗说："是有进步，现在家里烧饭基本都是我，红霞上班忙，家务基本都是我承包了，饭烧多了，就有进步了。"母亲感叹道："绕旗，你真是前世修来的福分哪，红霞对你这么好，换到其他势利的女人早把你丢在乡下了，红霞真不简单，好人一个呀！"父亲把第二杯酒干了，插话道："当然啦，红霞与绕旗当年可是自由恋爱，人家红霞重感情啊！"父亲坚决不肯再倒了，他说："剩下的酒留着煮鱼吧。"母亲怕赶不上轮船，饭一吃完，我们一家又坐上绕旗的三轮车在县城的大街上穿行，一直到轮船码头，绕旗骑得大汗淋漓。父亲对绕旗说："下次回到大顾庄一定要到我家去，我好好陪你弄点酒。"我们上了轮船后，几分钟后就开了，母亲的脸色似乎不太好，我根本不知道母亲的病情怎么样，还沉浸在没有见到小兰的遗憾里，一声喇叭，轮船离了水泥浇筑的岸边码头，沿着龙津河向南然后又向东驶入了宽阔的车路河。

3

从县城回来，母亲的病情越来越严重，父亲带她去了乡里的医院，大姐家就在乡里，而且姐夫此时已经做了乡里农具厂的厂长，大姐家砌了一幢令邻居们羡慕的"七架梁"的房子，大姐夫找到了他的好朋友许院长。在许院长的帮助下，母亲住了院，我要上学，只有星期天才能走十几里的路去医院看母亲。到了医院，我看到的是医院里人来人往的热闹，我虽然上初中了，但没经历过亲人的病痛，还不懂得悲伤，来看母亲的亲戚买的那些礼品，有罐头、麦乳精之类的，它们就放在床头，似乎在诱惑着我的味蕾。母亲让父亲开了罐头给我吃，又沏了麦乳精给我喝，以至于我认为生病挺好的，有好东西吃。只是要回家上学的时候，母亲对在家照顾我的二姐说，把弟弟照顾好，她的眼泪出来了，好像生离死别似的，我才有了一点哀伤的情绪。从二姐的嘴里我才知道，母亲得了一种叫肝炎的病，每天要输水，输完的盐水瓶据说已经有了一大笆斗，我才稍稍知道了母亲病情的严重性，而且医生说，这种病会传染，难怪母亲不让我趴在她床头与她亲近。

二姐嫁在离我们家不远的村子，有七八里路，她是庄上的幼儿教师，白天要上班，下班后回到老家照顾我，第二天一大早又要回去上班，几天下来人都瘦了许多。我对二姐说："我敢一个人睡在家里，不碍事的。"二姐说："我还不知道你吗，胆子小，万一有个什么事吓呆了，你还怎么考中专，我吃点苦不碍事，不能让你一个人在家担惊受怕的。"天气渐渐变暖，二姐早上给我煮好饭，留在锅里，我放学回来自己吃，煮一顿吃三顿。有时二姐实在忙得来不及煮饭，就和哥哥说，让我到住在河东的他家吃饭，因为嫂子与母亲闹了点矛盾，我不大愿意去，有时午饭我就在维宏家吃，他父亲是我堂叔，做小学老师，每个月拿工资，堂婶对我挺好，经常来喊我吃饭，我很乐意，不仅因为他家伙食好菜丰盛，更主要的是维宏成绩好，估计考师范不费事，我也想从他那里学些经验，为将来初三考中专做准备。

母亲还在乡里治疗，二姐说："妈妈的病情基本好转，过段时间就能回来了。"但我对母亲能回来似乎无动于衷，因为暑假来了，我不用上学，觉得更自由自在了。当然更主要的是，我跟在维宏后面发现了好多我不知道的东西。一放暑假，与维宏的父亲我的堂叔关系很好的一个教初中的张达诗老师要回老家泰州，宿舍就交给维宏看管，维宏每天晚上让我陪他一起去。我们吃过晚饭，在桥上或他家房子的平顶上乘会儿凉，就到我们就读的大顾中学的校园里张老师的宿舍睡觉。其实我们怎么会睡得那么早，张老师家有一台收音机，我们两个就在蚊帐里听收音机。维宏把收音机调到一个台，里面传出一个女人软绵绵的声音："如果没有遇见你，我将会是在哪里，日子过得怎么样，人生是否要珍惜。也许认识某一人，过着平凡的日子，不知道会不会，也有爱情甜如蜜。任时光匆匆流去，我只在乎你，心甘情愿感染你的气息。人生几何能够得到知己，失去生命的力量也不可惜。所以我求求你，别让我离开你，除了你，我不能感到，一丝丝情意……"我问维宏："这是谁的歌呀，唱得这么温柔，听得人骨头都

146

软了。"维宏笑了:"你没听过,这是邓丽君的歌。""我只听过蒋大为、李谷一、苏小明的歌,这个邓丽君的歌怎么从来没听过呀?""她不是大陆的,是台湾的,我们听的是电台,你在外面不要说。"不一会儿,收音机里传来了嗞嗞的电流声,歌声时高时低时断时续。维宏说:"又开始干扰了!"他把收音机调到了其他的台,听了会儿刘兰芳的评书《岳飞传》,一会儿又调过来,"嗞嗞"的声音稍微小了些,邓丽君的歌声又袅袅婷婷:"又见炊烟升起,暮色罩大地,想问阵阵炊烟,你要去哪里。夕阳有诗情,黄昏有画意,诗情画意虽然美丽,我心中只有你……"我很奇怪:"为什么只放她一个人的歌?"维宏说:"人家唱得好哇,在世界各地唱呢,连日本人都喜欢,但是我们大陆不许放,说是靡靡之音。""什么叫靡靡之音,难道是软绵绵的?"我更加不解了。维宏笑了:"靡靡之音就是不健康的歌曲,资本主义的东西。"可是靡靡之音确实好听啊,我第一次听到就感觉不错,唱到我的心里了,它仿佛告诉我们音乐可以这样温柔,爱情原来如此令人神往,她的歌声抚平了人们内心的疲惫与伤痕,告诉人们人和人之间可以不是只有冰冷的防备和隔膜,还可以有这样直指人心的温柔。歌声让我想到了如水的女孩,那些清纯可爱的面容与笑颜。这个夏天,与维宏每天一起去学校给张老师看宿舍成了我渴望和快乐的事，减轻了母亲生病给我带来的一丝痛苦，以至于母亲出院回到家，我还是坚持要与维宏一起去看宿舍，我对母亲说的理由是：维宏成绩好，我能跟在他后面学到好多东西。母亲说："跟好人学好人，你的成绩和维宏一样好就好了。"

4

暑假里，是走亲戚的好机会，我去了一趟表哥家。表哥的新瓦房宽敞明亮，表哥已结婚一年多，还没小孩子，我的到来，让他们小两口感到高兴，家里多了些活力，我上午趁凉快写自己带来的暑假作业，下午表哥带我下河游泳，晚上就在他家门口的桥上吃晚饭乘凉，河风习习，舒服极了，我真正感到了和家里一样的轻松快乐。

过了两天，表哥说要出几天远门，去为庄上买农机（我表哥是村干部），临走时，他嘱咐表嫂："不要太省了，表弟在这里，你要天天买点菜！"表哥又对我说："你在这里多玩几天，陪陪你嫂子，我回来一定会带点纪念品给你！"表哥走了，新家里只有我和表嫂。白天表嫂下田干活，我照例下午下河陪刚认识的小伙伴游泳，晚上回来再用热水洗一下澡，表嫂说，这样会让身体收收潮气，干爽一点，不然不舒服。每次总是表嫂先洗，我在桥上乘凉，听大人讲故事，说笑话，也有一些荤段子什么的，我似懂非懂，只知道好玩。表嫂洗完了，给我放好水，然后她到桥上乘凉，换我回去洗澡。

玩了几天，我一个人偷偷地收拾好自己的东西，等表嫂去田里干活，我留下一张字条算是打个招呼，便踏上了回家的"帮船"。挂桨船刚刚离岸，低着头的我突然听见岸上有人叫我的名字，我一看，是表嫂，她今天穿了一条粉红色的连衣裙，漂亮极了，她向我挥着手，大声地说："过几天等你表哥回来再来玩！"我勉强地羞涩地笑了笑，向表嫂依依不舍地挥了挥手……

第十二章　夹沟往事

1

在村子里走走，发现现在的房子都是楼房比较多，除了幸福河边上的一幢幢别墅，庄子中间也有一些零零碎碎的楼房，里面的装修与城里的商品房没有两样，却比城里的房子宽敞多了。但有些巷子还在，几十年不变地空在那里，有些低矮的瓦房还在，当年的土坯房早已销声匿迹，了无踪影了，但在童年的时候，我家住的基本就是土坯房，只不过根基底下有几层不太高的砖头，上面都是土坯，屋顶盖上草。

土坯房是用田里的黏土压块制作的，用做好的木板模子往里边填充完和好的混有稻草类的黏土稀泥，然后再压实晾干就成了一大块的泥砖了，最后砌成土坯房，改革开放初期，我们庄上这样的房子还有不少。在我的眼里，造土坯，那就等于是玩泥巴，只不过是大人们一本正经地玩泥巴，玩出了实用。土坯房由于它是黏土做的，后期会经历风吹雨淋，多年以后岁月会在上边雕刻出大小不一的孔。春天到来的时候，房子周围遍地的油菜花铺满金黄，蜜蜂会成群结队地在土坯房上的孔隙里做巢。当蜜蜂呼朋唤友地向土坯房集合时，我也会叫上三三两两的小伙伴一起去捉蜜蜂。小伙伴们会往一个塑料瓶里塞上些油菜花，然后赶紧把塑料瓶口堵在刚刚有蜜蜂飞进的洞口上，待到蜜蜂出来时就飞进瓶子里，而小伙伴们都会高兴得蹦起来，然后一起在草地上趴着观察蜜蜂，小蜜蜂也会乖乖地在瓶子里抱着油菜花……这样无忧无虑的快乐时光半天就过去了。

里下河的雨季一般在六七月份，也就是所说的长江中下游的梅雨季节，但是今年的夏日雨水一下子多了起来，暴雨一连下了三四天，河里的水位猛涨，甚至门前夹沟里都有了水，还有人在夹沟里捕到了鱼。这时最让干部们担心的就是那些全是土坯房的人家。

土墙被雨水浸泡时间一长，房子就容易倒塌，庄上几乎每年都有土坯房倒塌的，有时人被砸伤了，甚至还砸死过人。这几年条件稍微好了，人家要砌房子基本上都砌砖瓦房了，红瓦或青瓦，据说青瓦更结实，比红瓦要贵一些，砖也是青砖比红砖贵。土坯房大都是以前留下的，一般都是老人住，他们反正岁数大了，也不讲究，准备在土坯房里终老一生，按他们的话说：土坯房，土坯房，冬暖夏凉。土坯房其他什么都不怕，就怕雨水长期浸泡，一浸泡，土坯烂了，墙就要倒了，房顶就会塌下来。一年夏天，李大爷的外孙来看望李大爷，连续下了几天雨，外孙也没法回去，就待在李大爷家，晚上就睡在李大爷的土坯房里。半夜里，李大爷家的狗突然跑到他房间里撕扯他的被子，把李大爷弄醒了，李大爷以为地震了，忙抱着熟睡的外孙出了屋子，可是到外面一看，什么事都没有，李大爷气得狠狠地把狗猛踢了一脚，随着狗的一声惨叫，房子轰的一声倒了，李大爷惊呆了，想想还有点后怕，幸亏自家的狗救了他。

一天，大雨过后，马锁准备带我们一起去捕鱼的时候，他弟弟山洪找来了。他用手抹了一下鼻涕说："哥哥，快回去吧，爷爷被房子砸死了。"我们和马锁赶到他爷爷家的时候，边上已围了好多人，他们手里拿着各种农具，在搬运房子倒下的杂物，当他们终于从废墟中把马锁爷爷抬出来时，老人家已经没气了，脸色全青了。马锁的奶奶正好送鸡蛋去马锁家，逃过了一劫。

庄上立即召开了紧急会议，杨支书给村干部做了分工，每个人负责几个生产队，查看所有住人的土坯房，有危险的一律搬到学校的教室里临时借住。有些老人怕麻烦，不愿意搬到教室里，杨支书就动员他们的子女把老人接到家里暂住几日，等天气晴朗了，房子没有危险了再搬回去。尽管有些婆媳关系不好的媳妇不愿意，但村支书讲了，也没办法，人命关天。

2

半个月之后，就在人们准备防洪排涝的时候，天气突然晴朗了，人们才舒了一口气，可是庄上却又死了一个人，一个叫金山的小伙子。

金山上学时成绩不好，小学没毕业就不上了，家里穷，快三十岁了，还讨不上老婆，他自己也做好了打光棍的准备。包产到户后，家里几亩田父母就能忙完，金山没事干，就开始了捕鱼。他白天睡觉，晚上出去捕鱼，不知他从哪里找到了一个矿灯，夹在头上，身上背着一只竹编的鱼篓，手里拿着捕鱼的工具，听说每晚都有收获，第二天一大早就把捕的鱼送到集镇上去卖，渐渐腰包鼓起来了，家里有了钱。庄里庄外说亲的来了，金山找了一个邻庄的姑娘，很快结了婚，生了孩子，过上了安稳幸福的生活。每晚金山还是去捕鱼，老婆一大早去卖鱼，金山比以前享福多了，许多死干活靠几亩承包田过日子的人都羡慕金山，金山踏上了致富路。可是现在令人羡慕的金山却一下子死了，怎不令人痛心。

听金山的老婆讲，金山也是和往常一样，吃过晚饭后出去捕鱼。可能是附近的鱼不多了，金山就去了邻庄的一条小河，小河的水并不太深，金山看见一个坝头，坝头被前段时间的暴雨冲刷，倒掉了，金山准备踏着倒掉的坝头到小河的对岸，结果不知道发生了什么事，他倒下了。熟睡的老婆第二天一大早醒来，发现身边没有金山，于是就让家里人出去寻找，结果是邻庄的村民下田干活时发现的，河里漂着一具尸体，矿灯和鱼篓还在他身上。

对于金山的死，大家感到很奇怪，公安部门的结论是溺水淹死的，没有他杀的迹象。金山号称大顾庄的"鱼王"，水性特别好，怎么会淹死？大家只能做一些猜测。有人说：一定是遇到水鬼了，金山这是前世作了什么孽，水鬼索命来了。有人说：是的，那个地方经常作怪，金山一定是中了什么邪惹了鬼了。有人说：哪有什么鬼，估计是遇到水獭了，那家伙在水里可凶呢，几个人也敌不过它。还有人说：根本没什么鬼，你们这是鬼话是迷信，估计是金山腿抽筋倒在河里淹死的，要讲科学。关于金山的死，大家众说纷纭，不管怎么说，金山死了是事实，他老婆哭得死去活来是事实。

母亲身体似乎好了，大姐和姐夫要上班，母亲要去给大姐带孩子——我的小外甥。周末的时候，一放学我就直奔母亲那里，母亲不在镇上，在姐夫的老家新砌的一幢房子里带孩子，顺便养两头猪，卖了钱由母亲贴补家用。姐夫做了农具厂厂长之后，在老家东汉砌了这幢新房子，这在他们村上是最好的房子了，院子很大，东边一条大河，空气很好，夏天也很凉快。母亲要带她的外孙不能回家，父亲在家种地，我周末的时候必去母亲那里，风雨无阻。一来是看看母亲，更主要的是，母亲那里总有许多好吃的东西等着我，不是饼干就是麻饼或脆饼什么的，有时还有苹果、香蕉之类的水果，每次从母亲那里回来，我的帆布书包总是装得满满的，而且还会有几毛钱的零花钱，所以每次去母亲那儿，我总是满载而归，一到星期六我就兴奋起来。

去母亲那里，必须经过的就是金山出事的那个地方，虽然坝头已经修好，但每次经过那里，我尽量都与其他庄上在我们大顾上学的小伙伴结伴而行。有时落单了，经过那里，我就给自己壮胆，大声唱歌。我唱《大刀向鬼子们的头上砍去》，唱《打靶归来》，实在不行就唱《义勇军进行曲》或者《国际歌》，这时候我是绝不会唱李谷一的《乡恋》《妹妹找哥泪花流》的，也不会唱苏小明的《军港之夜》的，当然更不会唱邓丽君的《我只在乎你》，我知道此时只有雄壮才能给我壮胆。走过那段坝头，一想到死去的金山，我头皮发麻，立即加快了步伐，跑步向前，直到过了那段路，我才敢放慢脚步喘一口气继续前行。

像这样害怕的情形，我小时候也有过一次。那是二姐定亲的时候，我和几个亲戚吃完晚饭步行回家，已经是晚上八九点钟，那天晚上月亮很亮，圆圆的，挂在天上，正好我们不需要手电的照明就能看见那白色的土路。走着走着，经过一片坟地，因为明亮的月光，坟地上的一个个坟头在夜里显得特别清晰，想到坟里的那些死人，我突然感到头嗡的一声大了，身体似乎也膨胀起来，双脚显得特别沉重，有点挪不动步子，几个亲戚没注意我，他们正兴高采烈地谈着酒席上的趣事，走了半里路才发现我掉在了后面。我忍不住想大叫，可是嗓子似乎被什么捏住了，发不出声来，我的汗毛全竖了起来，感到浑身发冷。几个亲戚回头在坟地旁找到我，看到我瑟瑟发抖，知道我是被吓坏了。其中一个亲戚递给我半支烟，让我拿在手里，我学着大人抽了一口，那烟头的火光一闪一闪的，好像有辟邪的功能，我沉重的腿脚才有了知觉，感到了土路的坚实，我向前一溜小跑，冲过了那片坟地。多年之后我讲到这段真实的经历，好多人都不相信，说我是编故事或做梦呢。

3

星期天的下午，从母亲那儿满载而归的我，把我下一周的粮饷分门别类地放到柜子的抽屉里时，我和父亲讲到了我经过坝头的害怕的感受，父亲同时打开了他的话匣子，他说到了自己的一段经历。

父亲说："我那天一个人在田里放风车，天色已晚，我准备再让风车转一会儿，为田里多抽点水，我刚抽完一支烟坐在靠近河边的田头，转得好好的风车却突然停了下来，我刚给风车的轴承上过油哇，风力也挺大的，吹在我身上一阵阵凉意。我走近风车一看，确实是停了下来，我又检查了一下，没有问题呀，我感到奇怪了。这时一阵阴风吹来，我打了个寒战，不远处，有一点亮光在风中一闪一闪的，我以为是萤火虫，可是那亮光先是一个点，然后越来越大，一下子由球一样变成了笆斗那么大，在风中滚动，到了风车边上就要向我滚来，我吓呆了。鬼火，我撒腿就跑，可是我逃到哪里，它就跟到哪里，似乎比风还快，一下子滚到我前面，一下子跑到我后面，我的腿就像你说的那样，好像灌满了铅，怎么都抬不动，我大喊救命，可是当时田野里只有我一个人，我跌倒在地上，头皮发麻，身体膨胀，浑身没有什么知觉。我抖抖地摸出火柴，勉强点上了烟，我挥舞着香烟，嘴里大声喊着，哪里来的鬼魂，快滚吧！我抓起一把土向空中撒去，鬼火一下子变小变远了，我赶紧收起工具，兔子般地跑到家，浑身早已大汗淋漓。"

父亲换上一支烟，停了停，继续说道："后来我想了想，可能是与不久前我放风车的地方有人淹死在河里有关。也是一个下午，我在放风车给田里上水，隐隐约约听到河边传来一个女人的哭声，我想这荒田野地里怎么会有女人在这哭呢，我想去看看，但心里又害怕，不是鬼在作怪吧，越想越怕，就早早收工回家了。第二天才听说，是一个姑娘失足掉河里了，地点就在我放风车的地方。我估计是姑娘怪我当初没有去救她，所以化作鬼火来吓唬我，从此以后，我再也不敢一个人去那里放风车了。"当然，父亲的风车早已不存在了，现在都变成抽水机了。

我和父亲正谈着，我哥哥来了，听到父亲谈到鬼火的事。哥哥说："哪有什么鬼，'鬼火'其实就是'磷火'，夜晚时在墓地或郊野出现的浓绿色磷光。大家迷信，以为是鬼点的火，其实所谓的'鬼火'有光无焰，是由磷化物燃烧产生的。因为人的骨头里含有磷元素，尸体腐烂后经过变化，会生成磷化氢，磷化氢的燃点很低，可以自燃。走路的时候会带动它在后面移动，回头一看，很吓人，所以被那些胆小或迷信的人称作'鬼火'。"

哥哥不愧是教师，难怪讲得这么科学，我缠着哥哥再给我具体讲讲有关鬼火的事。哥哥说："你本来就胆小，听了晚上会睡不着觉的。"我说："我不怕，我晚上跟爸爸睡，再说现在知道是科学了，更不怕了。"哥哥拗不过我，只好坐下来给我解释有关鬼火的成因。

哥哥说："由于民间不知道鬼火的成因，只知这种火焰多出现在有死人的地方，一般在坟地附近，而且忽隐忽现，因此人们称这种神秘的火焰作'鬼火'，认为是不祥之兆，是鬼魂作怪的现象。全世界各地都有关于'鬼火'的传说，例如在爱尔兰，'鬼火'就衍生为后来的万圣节南瓜灯，安徒生的童话中也有以'鬼火'为题的故事《鬼火进城了》。中国关于'鬼火'的传说也很多，清代蒲松龄写的《聊斋志异》中就经常提及'鬼火'，而民间则认为是阎罗王出现的鬼灯笼。'鬼火'实际上是磷火，是一种很普通的自然现象。'鬼火'为什么多见于盛夏之夜呢？这是因为盛夏天气炎热，温度很高，由于磷的着火点非常低，遇氧气即可自燃，于是产生'鬼火'的现象。那为什么'鬼火'还会追着人走动呢？在夜间，特别是没有风的时候，空气一般是静止不动的。由于磷火很轻，如果有风或人经过时带动空气流动，磷火也就会跟着空气一起飘动，甚至伴随人的步子，你慢它也慢，你快它也快；当你停下来时，由于没有任何力量来带动空气，所以空气也就停止不动了，'鬼火'自然也就停下来了。这种现象绝不是什么'鬼火追人'。"父亲说："怪不得我走它也走，我停它也停呢，原来如此。"

"那有没有水鬼呢？没有水鬼，金山那么个厉害的捕鱼高手怎么会淹死在坝头边呢？"我趁机提到了关于金山之死的谜团。

哥哥说："肯定没什么水鬼，不过水中有厉害的动物，那就是水獭，我们本地人都叫水獭猫。我亲眼见过，有一次我在桃园小学值夜班，学校西边和南边都是大河，夜里我起来小便，看到河边上蹲着一个猫一样的东西，两只眼睛像小月亮圆圆的亮亮的，看到我立即扑通一声，跳到水里了，我吓得赶紧进了宿舍，喊王老师，把我看到的东西告诉他，王老师淡淡地回了一句，我知道，是水獭猫，我见过好几回了，别大惊小怪的。听王老师说，水獭猫在岸上，你别怕它，它一点也不凶，只有在水里非常厉害，力大无比，据说一两个人也不是它的对手。"我问哥哥："人家还说水里有水猴子，你见到过吗？"哥哥笑了："你哥也不是百科大辞典什么都知道，水猴子我确实没听说过，等你大了考上大学再去研究吧！"

尽管我给哥哥打岔了，但哥哥还没忘记自己来找父亲的事情。哥哥对父亲说："爸爸，你孙女没人带，我要上班，你儿媳妇要给人家裁缝衣服，又要带女儿，有时饭也没空煮，你问问妈妈，能不能把她孙女带去和外孙一起带。"我知道，嫂子对母亲去带外孙是有看法的，自己的孙女不带，去带外孙，不是明显的重男轻女嘛，似乎有点说不过去。父亲迟疑了一下："你母亲去带你外甥，你妹妹是每个月给钱的，再说了，你母亲病了，全是你妹夫掏的钱给她看的。"哥哥说："我虽然一个月拿几十块钱的工资，但每个月也还是给你们五块钱的呀！"我虽然不太关心大人们的事，但哥哥自从拿工资后，每个月给母亲五元钱养老我是知道的。

我在老屋里住了一夜，老屋原来是父亲住的，父亲去世后，哥哥把它翻盖了一下，里面装了空调，哥哥一家也早已住到城里，老屋好久没人住了，没有电视，我看了会儿手机，就睡了，蒙眬中，我没有梦到在老家以前的人和事，我却梦到了一部电影《望乡》，梦到了我的堂哥。

第十三章　堂哥的喇叭裤

1

大集体时期春节的时候，年终算工分，然后按单价算钱，最后到手的钱很少，几乎都不够买春节物资，甚至有的人还欠钱，上缴缴不起，只好留到下一年，叫"往来账"。后来条件渐渐好起来，过春节能分到大集体的鱼，我记得有一次还分了生产队的一头死牛。在农村联产承包责任制推行后，大家的日子一下子有了改善，首先粮食不愁了，家家有饭吃了，手头也有点余钱了。

农村有了变化，在城市更不用说了，就在小小的兴化县城，也仿佛一夜醒来，和外面的大世界接轨了。男女青年私下约会不再是一件被很多人看作堕落、无耻的事，谈恋爱也不再像搞地下活动了，女孩子也敢大大方方地坐在男朋友的"永久"或"凤凰"牌的自行车后座上了，不像以前一见前面有人，赶紧下车，低头红脸了。世界似乎一夜之间向前走了好远，变得一下子开放了。

城里的一个堂哥是个时尚的人，人们给他起了个绰号叫"洋哥"。每次我到县城去，都能从他身上发现最新的潮流。一次，他带我去电影院看了一部日本电影《望乡》。电影讲述了山谷圭子研究五十年前日本妇女被卖到南洋当娼妓的辛酸历史。

奇怪的是看到有些画面，我虽然心里有点小小的骚动，但整个影片放过之后，走出电影院的时候，心里却有点淡淡的忧伤，仿佛被远方的什么所触动，但究竟是什么，我还不清楚，因为那时从未离开过故乡的我还不懂得什么叫思乡之情。

跟在堂哥后面，我不但第一次看了日本电影，还去了一趟录像厅。

2

穿着牛仔裤、拎着收录机的堂哥，后面跟了一帮人，成为小城街头一道奇异的风景。但他却经常招来别人的白眼，邻居纷纷找到我的大伯告状，大伯虽然是邮政局局长，下面的员工都怕他，但偏偏儿子不怕他，他也管不了堂哥，一切由他去，只要他不出事就行。其实就是出了事，大伯也是帮忙处理，谁让他五个子女中就这么一个儿子呢。听父亲讲，大伯与父亲是一个老祖宗，虽然不是嫡亲的，但在家族里与父亲的关系最好，因为大伯打游击的时候，父亲救了大伯一条命，后来大伯做了区长，做了局长，对父亲对我们家人一直不错。但大伯人比较古板，哥哥姐姐的事他都没帮过忙，可能有些愧疚，所以对我特别好，大伯跟父亲说，让我好好上学，将来一定帮我找个好工作。自从我上初中以来，每年暑假都要到县城的大伯家待几天。

小时候就听说堂哥不是一盏省油的灯，堂哥成了大伯心头的一块病，他希望堂哥早点找个对象结婚了事，为他传宗接代，可是堂哥交往的女朋友用他自己的话讲，人数能有一个排，就是没有实质性进展，到不了结婚的份上，气得大妈整天闷闷不乐，哪像别的局长夫人整天风光无限。

有一天早上起床，听到院子里有吵闹声，我出来一看，大伯正在冲堂哥发火："你看你像个什么，头发像鸡窝，又穿个这么个不伦不类的裤子，简直就是社会上的痞子、流氓。"我一看，堂哥头发卷着确实像个鸡窝，穿着一件紧紧包住臀部，上面小下面大脚的裤子，扫地一般。堂哥对我挤了挤眼："这叫喇叭裤，刚流行的。"堂哥对大伯的话置之不理，吹着口哨，打了个响指，出去了。

晚上吃饭的时候，堂哥还没有回来，我一个人在房间里吹着电扇，看着电视，电视上正好在开音乐会，以前我都是在收音机里听歌，现在第一次在电视里见到了歌唱家本人，我有时会情不自禁地站起来，恨不得去摸一摸屏幕上他们的脸。我一首歌一首歌地看下去，《花儿为什么这样红》《祝酒歌》《心中的玫瑰》《吐鲁番的葡萄熟了》《角落之歌》《妹妹找哥泪花流》《洁白的羽毛寄深情》《乡间的小路》《兰花草》《我的中国心》《乡恋》《小螺号》《妈妈的吻》《军港之夜》……直到音乐会结束，电视上闪出"再见"的字样，我还没有睡觉的意思，堂哥还没有回来，我有点担心。

果然，堂哥出事了。堂哥被公安局抓了！第二天一大早，我从大伯沮丧的表情和大妈的哭诉中，终于知道了真相。堂哥昨夜一夜未归，是和几个朋友一起去舞厅跳舞的，后来几个人一起起哄，与舞厅里的几个女的跳起了贴面舞，被人举报，被公安局以流氓罪抓了。听说按规定要判两三年呢，大妈急了，哭哭啼啼让大伯赶快去找人。

大伯看来这次是真的生气了，他气愤地说："我没脸去找人，判刑就判刑，让他吃点苦才会长记性。"大妈哭得更厉害了，几乎变成了号啕大哭，但似乎怕邻居听见，哭声又突然小了下来，变成了呜咽："如果真的进了监狱，工作都没了，只好打光棍了。"但大伯就僵着，坚决不出去找人。

三天后，堂哥回来了，他低着的鸡窝头乱蓬蓬的，像刚从草地洞里钻出来似的，他的裤子已经扯破，尊严已剥落，脸上的表情难以捉摸。我也不会劝他，更不会安慰他，我只有悄悄地告别，回到我乡下自己的家里去。

3

建国的姐姐小龙回来了，小龙是从徐州回来的，我们已经好长时间没见到小龙姐姐了，小龙姐姐可是我们庄上的头号美女，我们在玩游戏开玩笑的时候，都说自己将来要找个像小龙姐姐一样漂亮又心好的人。小龙结婚好几年，孩子都有五六岁了，可是在我们的眼里，小龙姐姐似乎比以前还要漂亮，这次她穿了一件红色的连衣裙，一在庄上出现，立即引起了关注与轰动。

我们去了建国家，主要还是想得到小龙姐姐从矿上带回的气球。这次小龙姐姐还给建国带回了一台收录机，和我同年的伙伴甚至不知道那是什么，幸亏我在堂哥家见过，就给他们神吹了一通。连建国也同意我教他如何使用，这天，从建国家里传出了一首歌："浪奔，浪流，万里滔滔江水永不休，淘尽了，世间事，混作滔滔一片潮流。是喜，是愁，浪里分不清欢笑悲忧，成功，失败，浪里看不出有未有。爱你恨你，问君知否，似大江一发不收。转千弯，转千滩，亦未平复此中争斗。又有喜，又有愁，就算分不清欢笑悲忧，仍愿翻，百千浪，在我心中起伏够……"这一天，我们从小龙姐姐嘴里知道了一部叫《上海滩》的电视连续剧，知道了一个叫许文强的上海滩男人。

　　有人去建国家主要是看小龙的红裙子，大多数是庄上的姑娘，她们觉得小龙的裙子很好看，问是在哪里买的。她们又问："穿这样的裙子会不会被流氓盯上，因为有的地方露得太多了。"小龙笑了："还是农村闭塞呀，人家城市里大街上早已是一片一片地飘过了，红裙子在城市里都流行好几年了，我这还是去年买的呢。"有姑娘问："贵不贵？"小龙说："也不算贵，刚开始贵点，现在和普通裙子的价格差不多。这样，你们要，我下次回家给你们一人带一条。"几个姑娘仿佛了却了一桩美好的心愿，纷纷露出喜悦的笑容。

小龙在家的几天，每天都有人去她家谈天说地，他们似乎想从小龙的眼里看到外面更多的风景，更新奇的变化。可是有一天，小龙突然发现自己晒在院子里的红裙子不见了，我是听建国说的，小龙离开庄子回徐州时都没说，更没让家里人说。半个月后，庄上有好几个姑娘都穿上了红裙子，连我们的女班主任也穿了，她们走在庄上很快吸引了一大片目光，邻村的女人们羡慕不已，不禁感叹，到底是大庄子的人，就是与众不同。

第十四章　师者焦耳

1

一天我在庄上办事的时候，在一条不大的巷子里，突然碰到了我以前的物理老师——"焦耳先生"。

"焦耳"其实只是他的绰号，他的本名叫赵李，可能是他父母姓的简单组合，他教我们物理，而且"焦耳定律"这一章他讲得特好，所以有了这么个荣耀的名字。他也知道，而且平时大家都习惯这么喊，他就爽快地答应了。他有一对双胞胎儿子，便干脆把献身物理的精神进行到底，一个叫"焦点"，一个叫"焦距"，颇有点物理世家的味道。

在我的印象里，焦耳老师是非常勤劳的。前面我已经给大家提到过：我们的"兴化县大顾中学"在我们村庄的东北边，三面环田，东边一条大河——洋港，河水很清澈，阳光照在上面亮闪闪的，我们平时吃的水都是河里的。学校环境很好，除了几排教室、几排宿舍、一个大食堂之外，还有一个大操场、一个小操场，还有一大块临时的空地。学校便把它作为一种福利分给了各个老师。于是我们这些学生便常常在劳动课上被带到各个老师的自留地里增加劳动知识、培养劳动技能，为老师用钉耙翻地，种上蔬菜，再浇水施肥。这样的活，显然我们在家里根本没机会做。父母们望子成龙，几乎包了所有的农活，要我们一心只读圣贤书，将来考个学校，有个城市户口，安排工作，跳出龙门，脱了苦胎。但给老师干，大家就特别卖力，有时钉耙把我们稚嫩的双手磨出了水泡，有时用水桶拎水浇湿了自己的衣服和鞋子。我们学校的大部分老师多少有点知识分子的惰性，往往在他们的田地里种上一些青菜之类的懒庄稼，而我们焦耳老师凭着他的聪明，将园地进行了良性分割，好像我们学过的一篇课文《菜园小记》那样，随着季节的变化变换着蔬菜的品种，这就苦了我们这些学生。当别的班劳动课同学们简单地劳动一下便奔向球场或教室时，我们却在太阳下默默地为焦耳老师的自留地流淌着青春年少的汗水。光流点汗也就罢了，可为了施点天然肥料，我们不得不在他的指挥下掏鸡窝里的鸡屎和挑厕所里的大粪。只要你闻到校园的空气中飘荡着一股不和谐的臭味时，你就明白为什么焦耳老师田地里的蔬菜总比别人的好了。不到半年的时间，我们校园的墙角屋后几乎都成了焦耳老师的"南泥湾"：扁豆、豇豆、黄豆、丝瓜、南瓜、冬瓜、韭菜、胡椒、茄子、番茄……焦耳老师俨然成了一个庄园主。

2

焦耳是个非常讲究生活质量的人，"南泥湾"开荒种的蔬菜自然是吃不完的，还能卖到学校食堂去，有时也送一些给校长——他师范的老同学，当然还有些鸡蛋什么的。于是，校长对老师们提出的美化校园环境要进行的"杀鸡运动"的意见不予理睬。每天焦耳老师都要利用课间到街上买菜，主要是荤菜，而且每次买好了菜都要大摇大摆地在庄人面前卖弄一番。有一次，他买了菜回校，路上碰见的熟人礼节性地问："赵老师，今天买什么好菜呀？"焦耳老师自然大嗓门自豪地响了："大鱼大肉！"后来听食堂烧饭的师傅说："鱼是死鱼，都有味了，肉全是肥肉。"不过据说焦耳老师烧的菜确实是一流的。没事的时候，在办公室里，只要一有机会，他都要向别人炫耀自己的菜谱。同样很普通的一道菜，到了他那里就别有一番名头了。比如说人家炒肉丝，他却叫"鱼香肉丝"；别人家鸡蛋炒粉丝，他叫"蚂蚁上树"；别人家青菜香菇，他加了几粒虾米竟然叫"炒三鲜"；有一次，他讲了一道菜叫"白龙过江"，大家想开开眼界，到他家桌上一看，原来是一大碗青菜汤里漂着几条很细的肥肉丝。

焦耳老师破例请了一回客，那是他被评为了乡里的先进教师，有点兴奋，几个年轻老师接受了他的诚挚邀请，到他家吃了全鸡宴。炒鸡蛋、炖鸡蛋、酱蛋、红烧鸡、白斩鸡。年轻人都感到奇怪，焦耳老师平时那么吝啬的一个人，怎么一下子变得这么大方。后来一打听才知道，焦耳老师家瘟了几只鸡，没舍得扔，乐得做个人情，关心年轻教师生活嘛！不但这样，年轻教师还从他那儿学到了吃的术语，比如吃菜，不要吞吞吐吐，文文雅雅，吃就是吃，不吃白不吃，要"筷子如闪电，舌头如利剑"。难怪一般聚会，大家一看到他坐在那里，便会敬而远之，明显的吃亏，谁干呢？但有一次，同事们跟焦耳这个"吃匠"开了个不大不小的玩笑。这个玩笑后来成了庄上教师中间流传的一个经典笑话。张老师家儿子十岁，作为同事焦耳老师自然是被邀请的对象。那天坐桌子的时候，碰巧焦耳老师坐到了几个酒量大的酒鬼中间，他们几个都是喝酒的重量级人物，一人甩一颗"手榴弹"丝毫不会有什么问题。焦耳老师能吃，但酒量却不大，仅两三杯小酒。可能是为了限制焦耳老师的个性发展，不知是谁定了个桌规，喝一杯酒才能吃一口菜。为了吃菜，焦耳老师竟一下子干了七八杯，结果冷盘吃空，热菜还没有上的时候，焦耳老师已经壮烈倒下，被好心的同事们提前送回了家。第二天，焦耳有点吃亏似的逢人就说："昨天晚上张老师家菜也太差了，尽是冷菜，一个热菜也没有！"听得大家捧腹大笑。

农村人待人热情，有时碰到了讲句客气话："有没有吃饭哪，没吃到我家吃碗顺便饭吧！"大家也都知道这相当于一句见面问好的话。可是你绝对不能对焦耳讲，他是一个教物理的人，喜欢钻牛角尖，讲究脚踏实地。有一次，学校旁边的一个村民就被焦耳"脚踏实地"了一回。那个村民看见焦耳老师傍晚时一个人在校门口转，就顺便说了句客气话："赵老师，有空到我家弄点大麦烧吧！"说完了那个村民也没放在心上，恰巧被人喊去有事了，结果在那家吃了晚饭，当他回到家时，一看傻眼了，焦耳老师正坐在他家等他呢。学校工友王三也被焦耳老师"脚踏实地"过一次。一次几个人在办公室大谈特谈腌制香肠的

173

诀窍，王三顺便说了一句客气话，我家刚腊了香肠，谁要吃自己去弄吧。本来是句客气话，大家知道王三只是个工友，工资少得可怜，那几截香肠是准备留着过春节吃的。可是过了几天王三发现少了两截，王三以为是被人偷了，正在大骂，被焦耳老师听见了，连呼别骂别骂了，是我吃了。然后一本正经地当着众人的面进行了评点："香肠腌得还可以，只是太咸了，一定要按肉的比例放盐，再加点糖，下次腌制香肠时你别忘了叫我一声，我一定光临现场指导。"弄得王三有苦说不出，只好假装谦虚地点点头。

3

夏天的到来，让我们这些在水乡大河里泡大的乡村孩子感到了快乐，因为我们都喜欢游泳，可以在水里摸鱼、摸虾、摸螺蛳、摸河蚌，来丰富我们的餐桌，有时也会游到河对岸的瓜地里，摘下公家田里的西瓜扔到河里，然后用我们的身体掩护着运回家。

可是最近我们下河游泳的时候发现了一个秘密，焦耳老师也喜欢游泳，而且他比我们谁都游得好，他扎猛子时间长得惊人，一口气下去就会有三五个河蚌骄傲地举在他的手上；他会"踩水"——就是把手举在空中，靠身子的晃动游到河边。我们佩服他的水性，尽管他让我们的战利品少了许多。可让我们感到不好意思和非常惊讶的是：他竟然当着我们的面，也像我们一样脱光了衣服下河。下河时，我们的衣服一般是放在一处树荫下或草窝里，那里比较隐蔽，我们上去的时候，用荷叶或稍大一些的草叶遮住我们刚刚发育的身体。更重要的是，我们这些农村孩子平时根本没有一条像样的三角裤或短裤，我们穿的裤头不是父亲穿破了的裤子剪去了双腿改成的，就是姐姐的花衣服拼成的。穿在身上都是大而空的，里面晃动着我们刚刚发育的某部位。

我们在水中终于看清了焦耳老师的白白胖胖的屁股，当我们逃离上岸的时候，忽然听到焦耳老师在河边大叫："谁这么坏，把我的衣服拿走了！"我们躲在树丛中发现，焦耳老师像我们一样从河里摘下了几片荷叶遮掩着身子回到他学校里的家。我们虽然很开心，可是我们知道明天上课我们又要挨骂了。不过，第二天才发现我们的担心显然有点多余。在第二天的班会课上，焦耳老师并没有批评我们，既没有让我们去劳动改造，也没有罚我们抄那些我们已背得滚瓜烂熟的公式定律，而是和蔼地给我们讲了裸体游泳是如何如何的有利于健康，当有同学在底下偷偷地笑时，焦耳老师一本正经地说："你们笑什么，这是科学！"

　　夏天的到来，让焦耳老师充满了激情，焦耳老师上课有个特点，总喜欢喊女生回答问题。还记得刚到他班上时，他第一次叫我回答问题，我有点喜出望外，正想张嘴回答，他却叫我坐下了。"我还以为是个女生呢，起了这么个名字。"焦耳老师失望地说。我回家后与父母大吵了一架，谁让他们给我起了这么个女性化的名字。

第十五章　夏季不再来

1

　　暑假在童年和少年的时光里是最快乐的。但是当又一个暑假即将来临，我的心情却怎么也愉快不起来，一想到与小清的分离，一股莫名的忧伤潮水般涌上我的心头。其实我和小清并没有早恋，我们只是心里彼此喜欢而已，但我们都从未挑明过，我们从彼此偶尔接触的目光里感觉到了，我们的目光都是一接触却又闪电般分开；我们会在教室里为彼此让路而相撞在一起，然后又慌张地分开；我们会在周末放假前偷偷地看对方一眼，然后依依不舍地离去；我不知道这是不是爱情，但我每天晚上睡觉，都会做一些与她有关的梦。特别是有几次老师让我们两个一同到黑板上板书答案的时候，下面会发出一些轻微略带起哄的声音，这声音老师也许不理解，因为这是我们同学之间心照不宣的秘密。

我和小清的接触主要是讨论作业，我是语文课代表，她是数学课代表，但其实她的数学并没有我好，每次考试，不管是单元测试还是期中期末大考，我的数学试卷都会被我的数学老师——来自上海的知青陈老师贴到教室前面的墙上做样卷。小清有不会的难题就问我，而我每次帮她解决一道难题，心里就特别高兴和自豪。她留着一条长长的辫子，几乎要拖到屁股了，从此我留下了对女人的长发情结。一天，我用自己节省下来的零花钱买了一本绿色封皮的日记本，中间是可爱的白雪公主和七个小矮人的图案，学期即将结束的那个下午，趁教室里只剩下她一个人的时候，我红着脸把日记本塞到小清的手里，飞奔出教室……

暑假开始的几天，我走了亲戚回来的时候，母亲递给我一本用报纸包着的东西，我忐忑不安地接过，当着母亲的面打开一看，正是我送给她的日记本，那白雪公主和七个小矮人仿佛正在挤眉弄眼地嘲笑我。母亲说："那个女孩在门口徘徊了很久才进来，放下报纸什么也没说就走了。"我回到自己的屋里，试图从日记本中找出一句话、一张字条，可结果令我大失所望，只完璧归赵了，什么也没增加，我感到一丝的难过，她拒绝了我的日记本，她便拒绝了我的友情了，更不用说朦胧美好的恋情了。午后，我一个人安静地坐在大河边的槐花树下，满树的槐花散发阵阵幽香，可是又怎么能排解一个少年心中的惆怅。我一直坐到落日西沉，晚霞满天，直至传来母亲呼唤我吃晚饭的声音，我才如梦初醒地缓缓起身向家里走去。从此，我少年的天空中便多了一份失落的忧郁，那一个忧伤的夏日永远地留在了我青春的记忆里！

后来小清也随她的父母回城了，我最初的纯情，消失在夏日的风中，消失在栀子花芬芳的季节。我想用一整个夏季来忘记她，但是我做不到，我只能每天唱着"我从山中来，带着兰花草"，我的思念与日俱增，我夜里几乎哀伤欲绝，我怀疑自己得了相思病。几天的辗转难眠后，我终于下定决心去找小清。我坐着挂桨船从大顾庄赶到了城里，早上天不亮就上了船，快到午饭的光景，船泊在金东门外的码头上。我突然想，我来金东门寻找什么？是古朴的建筑？慢悠悠的时光？一个人？还是我在风中丢失了的少年幽梦？那美丽的影子，那飘在风中的长发，那散在夕阳里的凄怆的歌谣，那"梨花村里叩重门，握手相看泪满痕"的美丽幻想……

　　阳光下的状元坊厚重、朴实，让人感到时光的刹那与永恒。我的眼里仿佛闪现金东门往日的时光：穿城而过的狭窄河道，一座座老城的石桥，傍河而建的普通百姓家的房子，一个个含义独特的巷子名，一排排依街的百年老店，琳琅满目的商品，那散发着童年香味的各种小吃。金东门的码头上，少女们在河边揉洗着手中的衣服，如揉着一缕青春的朝阳，房子里飘散着的缕缕炊烟，袅袅在金东门的上空，温馨无比。我知道我不是来看风景的，我是想见一个人，我听说，她家就住在金东门的一个小巷里，但我却找不到她家的门，我徜徉在一个一个的巷子里，希望能见到小清，但又害怕真的见到她，我的内心与我的脚步一样的迟疑与矛盾。直到下午回家的轮船即将出发的时候，我也没有见到小清，我只好饿着肚子，带着失望与忧伤踏上了回家的轮船。

2

　　我连续在家睡了几天，父母看到我不出去玩，以为我病了。母亲用手摸摸我的额头，没有发热，她放心了。暑假里学校买回了大顾庄的第一台黑白电视，维宏喊我一起去了学校，电视里播放的是日本的电视连续剧《排球女将》，我们很快被小鹿纯子吸引了，她"流星赶月"的发球和"晴空霹雳"的扣杀令我们兴奋不已。去学校看电视的人太多，挤在一个大教室里，几个小时看下来，脖子都酸了，但是大家还是不愿离去，后来学校开始卖票，五分钱一张，我们去学校就看得少了。不久维宏舅舅家也买了一台十四英寸的黑白电视，每天晚饭后我就跟他一起去看，我们看了《射雕英雄传》，我们看了《上海滩》，最令我们着迷的是《霍元甲》。

一天，存山带我们来到学校操场上，他刚刚剃了个光头，像变了个人似的，我们都笑了。他一本正经地对我们说："我们要好好练功，将来就没人敢欺负我们，打仗了还能上前线。"他先教我们练了一套长拳，又叫我们练"直扑"。所谓"直扑"就是人笔直地站立着，然后直直地倒在地上，虽然地上有一些草皮，但我们还是感到很疼。存山的父亲是学校的语文老师，存山与体育老师很熟，于是就去体育室找了用来练仰卧起坐的垫子，这样我们扑在垫子上就不那么疼了。练到下午五点多钟，由于体力消耗过大，我们都喊肚子饿了，不想再练了。存山说："练拳不练功，到老一场空，你们先要练好基本功，我再继续教你们长拳。"没有办法，我们都想成为像霍元甲那样强大的人，只好又在腿上绑着沙袋围着操场跑了两圈，最后彻底累瘫在了操场上。

随着暑假的结束，我的忧伤在练武的兴致中稍稍退去。开学不久，一部叫《少林寺》的电影很快吸引了我们，据说有的同学已经看了五遍了。一天下午，小兵对我说："晚上桃园村放映《少林寺》，我们一起去看吧！"我有点不敢，我说："要上晚自习呢。""上什么晚自习，你成绩那么好，少上一个晚自习算什么。"我想找班主任请个假，就说到亲戚家有事。小兵说："请什么假，班上去看的人多呢，再说今天班主任不在家，他到镇里开会去了，估计吃了晚饭才会回来，他酒一喝，醉醺醺的，哪里想得到我们。"小兵的话具有极大的诱惑力，尽管担心被老师骂，但我还是控制不住自己，晚饭后和小兵一起去了邻庄桃园村。

我们到了桃园村的时候，老远就听到嘈杂的人声，来看电影的人真多，把操场挤满了。本村的人都有凳子坐，而且正面都已坐满了。我们没有凳子，只好在反面的一个草垛上坐下来，小兵说："虽然是反的，但差不多。"我们就只好在反面看，高高的幕布上先放的是纪录片，我们叫"加影"。一般乡里放电影的船开到哪里，除了放一个主要片子外，还会放个纪录片或宣传片作为"加影"，当然要看放映员的心情，村里招待得好，他们甚至会加一个正片。今天放的"加影"是血吸虫病的防治，广场上很快安静下来，柱子上的喇叭里传来清晰的普通话，我们期待着"加影"早点结束，血吸虫病我们不懂是怎么回事，我们只想知道李连杰的武功是不是厉害。终于开始放正片了，广场上更加安静了，回荡在上空的是武打的霍霍声，我们双眼睁得大大的，生怕错过了一招一式，当《牧羊曲》的歌声响起时，我的心里咯噔了一下，有武功的人会得到漂亮女人的喜欢。电影结束的时候，没有一个人提前退场，大家想看看，会不会再放了。有人说："还要到另外一个庄子上放第二场甚至第三场。"小兵问："去不去看了？"我说："太远了，人家是船，我们走路要绕一大圈呢。"其实我也想去，毕竟看的是反面，不过瘾。"反正已经出来了，看就再看一遍吧！"小兵劝我。我说："好吧！继续看第二场。"于是我们随着人流向另一个即将放映《少林寺》的庄子幸福村出发。

我们雄赳赳气昂昂地大踏步向目的地幸福村进发，可是快到幸福村的时候，我们发现通往村里的小木桥已经被人把木板拆了，我们傻眼了，过不去了，一条小河挡在了我们面前。但此刻，没有什么能阻挡我们的热情，年少轻狂的我们，决定涉水过去，我们知道河不是太深，本来有点怕水獭的我，在这么多人的怂恿下，也脱了鞋子和裤子褂子，穿着一条短裤，下了水，到了对岸，我们找了个草垛，把衣服穿上，把脚擦干净，直奔放映的地方。这次我们终于在银幕的正面占得了一席之地，我们搬了附近人家的几块砖头垫在屁股底下，第二场没有"加影"，我们很快进入了《少林寺》，开始了又一次的"武林之旅"。电影散了回家的时候，前面的人做好事，把木板放了上去，我们才没有再次涉水，我们从摇摇晃晃的木桥上走过，就像电影里小和尚张开双臂两手拎着水桶的样子，仿佛看了《少林寺》我们的武功也一下子有所长进了。

回到家已过了十二点，父亲早已鼾声如雷，母亲问了句："去哪儿疯了？"也没再说什么。第二天到了学校，只见教室门口站了十几个人，我也乖乖加入他们的行列，原来他们也是没上晚自习，到其他庄上看电影的。班主任陆老师把我们狠狠地训了一顿，但法不责众，最后罚我们每人把刚学过的课文《白杨礼赞》抄写五遍。

有一天，小兵神秘地对我说："我也想去少林寺拜师学艺，可惜我不知道少林寺在哪儿，我也没那么多钱。"我劝道："你可千万别走火入魔了，你离家出走，家里人找不到你会急死的，你还是老老实实地待在家里。"小兵叹了口气，心有不甘的样子。后来连续几天小兵没去学校上晚自习，他练武上了瘾，躲在学校的沙坑边上悄悄练功，把十个指头朝沙里猛插。早上起床后，张开双掌对着大树猛击，嘴里不断发出"嘿嘿"之声，一心想练成"铁砂掌""金刚拳"，将来也要做霍元甲那样为国争光的英雄。小兵由于一心练武成绩下降了，陆老师找到他父亲反映情况，他父亲在外面打过几年工，见过世面。对儿子小兵说："练武可以，但不要影响学习。"后来我考上了高中，小兵初中毕业后，他父亲送他去当兵，部队首长见他身体素质不错，把他推荐给武警部队，后来小兵在云南抓毒贩立了大功，还上了电视，他父亲说，改革开放好，国家不拘一格降人才，小兵变成了大兵！

3

一天中午，我刚到教室，就看到坐在后面的几个男同学头碰头地聚在一起，我以为他们在下象棋或看什么好玩的东西，凑过去一看，他们在看一本书——《少女的心》，手抄本。猴子对我说："你不能告诉老师。"我说："我不会告诉的，不过你们看完之后一定要借给我看。"猴子说："好的，不过你已经排到第八个了，估计要到下星期了。"我说："那你们看快一点。"猴子说："快不起来，只能中午老师不在的时候看，不能课堂上看，被老师逮住了就会没收，还要处分。"我说："那躲到家里看。""家里也不行，"猴子说，"家长发现了，还不把我们打个半死，我们只能趁没人的时候偷偷看。"

从那开始，我们中午一吃过饭就到班上，凑在教室后面，一起看那本书，直到有女生来了，我们就散开，准备上课。可是上课的我，哪里听得进老师的讲课，一些句子清晰地在我脑海里闪现："我经常回忆那少女时代的生活，以此来丰富我的内心生活。回忆，是甜蜜的，每当这时，我都会感到有一股暖流冲击着我全身的每根神经，尤其是我们女人那神秘之处，使我更加爱我少女时代的初恋生活。人生如梦，转眼百年哪！年青的朋友，爱惜自己的青春吧，使那甜蜜的初恋生活更加有趣，更加充实吧！"有时觉得自己就是书中的主人公表哥少华，而另一个女主人公曼娜在哪里呢？我们开始在班上，在校园里寻找自己心中的"曼娜"。

一次去维宏的表姐家玩，在她家里看电视，维宏突然被他爸爸喊去有事了，卧室里就剩下我和维宏的表姐，我们本来是三个人坐在床边的，现在维宏有事暂时离开了，坐在床边的只有我和他的表姐。维宏的表姐是很漂亮的，就像《少女的心》里所描写的那样，"……姑娘十八一朵花，我十八岁也正是姿色迷人，分外漂亮的年月，就拿我的身姿来说，不是夸口，比电影明星有过之而无不及，我一米七五的高个，一头黑亮的披肩发，鸭蛋脸，两道细细的柳叶眉下水汪汪的大眼睛，还有一双丰满的乳房向上翘翘着，走起路来微微抖动，高高的鼻梁配着樱桃红的小嘴唇，全身都显示出了少女特有的诱人魅力"。一想到那本令我着迷的书，我忍不住把目光从电视转移到维宏表姐的身上了，她身上一股女人特有的气味，令我神魂颠倒，我的呼吸急促了，维宏却回来了，他坐在我们中间继续看电视，我感到自己的脸涨得通红，我浑身似乎发烫了，假装去了一趟厕所，到厨房里用冷水洗了一下脸，我才稍微安静下来。

我开始从一些杂志上疯狂收集女明星的照片，主要是《大众电影》封面和封底上的，我把照片剪下来贴在我夹作业的讲义夹上，这样每次做作业或复习的时候，先看她们一眼，就觉得有了动力。当然为了不让同学们说闲话，除了女明星的照片外，我也剪一两张男明星的照片贴在上面，以遮人耳目。我更加喜欢邓丽君的歌，开始喜欢看琼瑶的小说，奇怪的是我的成绩并没有下滑，我反而感到学习有了目标有了动力。倒是猴子出事了，尽管我们很讲义气，我们的保密工作攻守同盟做得很好，但不知是什么原因，猴子的书还是被老师发现了。不过奇怪的是，这次老师并没有勃然大怒地把书撕掉，而只是没收了，对猴子的处理一开始其实也不严重，只是口头批评教育了一下。谁想到猴子晚上撬开了班主任陆老师办公室的门，竟然把书偷走了，这下事情闹大了。陆老师让猴子交出《少女的心》，准备再放他一马。陆老师已经说得很明确："你只要把书交出来不再传播，还可以从轻处理。"可是猴子把那本书看得比他的命还重要，坚决不交，说已经还给人家了。陆老师做了让步，说："你还给谁了？告诉我名字也行。"猴子是好样的，他坚决不说，他爸爸扇了他两个大嘴巴，都打出血来了，他还是不说，他爸爸又要打他，被陆老师拦住了。后来，猴子离开了大顾中学，离开了我们，转到一个较远的学校去了，他有个亲戚在那儿做校长。

　　前不久的一次同学聚会上，我们见到了猴子，原来他复读两年之后考上了大学，如今在国家安全局的某个保密单位工作。

第十六章　翠红

1

在车路河边的粮食市场上，我意外地碰到了翠红，我们很平静地握了手，我甚至都没有脸红。

翠红是米老板的女儿。

提起米老板，得先给你介绍一下，在邓小平同志南方谈话之前，我们里下河一带，20世纪80年代末一下子冒出了许多米厂，大顾庄附近的车路河边上，那一溜排开的米厂就有上百家，一家挨一家，河上是装满稻子的大船，公路上是运米的大卡车，交易市场管理办公室挂的是"全国最大大米交易市场"的响当当、金光闪闪的铜牌。

翠红家的米厂在车路河的北边，但与众不同的是，除了米厂的车间外，翠红家还拥有一大片空地，有十几亩，翠红的父亲把它全栽上了桃树，每年春天，那一片桃林粉红粉红的，像翠红青春洋溢的脸庞，到米厂来的人都觉得翠红的父亲很有品位，好像是进了桃花源一般，让人在忙碌的生意之中享受到一份悠闲的情调。

我第一次见到翠红的时候，就感觉到翠红是一粒白白的大米，洁白、饱满、晶莹剔透，以至于我产生了想一下子把生米煮成熟饭的冲动，但作为一个刚刚分配的乡村教师，我还是很理性地控制了自己。我知道，只要再过一段时间，如果不出意外，这颗饱满的大米一定会成为我碗中的饭。

"她是独生女，家境又很好，更重要的是翠红没有一般富家女子的娇气，她很能干，家务活都干，这样的女孩现在打着灯笼都难找了。"给我介绍的周老师用夸耀的语气对我说，"不过你要注意，她老爸可不喜欢夸夸其谈的人，上次给她介绍的一个男孩就是因为太能吹了，又能喝酒，去了没几次翠红的老爸就不同意了。按理说，翠红的老爸非常好酒，找个能陪自己喝酒的女婿，一开始也挺投缘的，可是后来小伙子就露馅了，神吹胡侃的，他爸觉得人不实在，有点滑，怕将来女儿吃亏，所以就彻底告一段落。你才开始，一定要注意……"我对周老师的指点非常感激，这样我父亲养的鸡就被我隔三岔五地送给了她，农村人没什么好送的，除了大米、菜油，就是鸡蛋和草鸡了，草鸡营养价值高，大家吃什么不都讲个原生态嘛。

2

第一次在翠红家吃饭，我还是有点紧张的，我酒量小，害怕喝多了失态，但她爸酒量大，不陪他喝又不好，所以一开始，我只倒了半杯，主动地敬了他们一家三口，心里渴望着成为他们家的第四口。我干了两口火辣辣的酒瓶上印着"飞天"的洋河大曲，脸上像女孩子一样泛起了红晕，我估计翠红的妈有点看中了我这个未来的女婿，不让我再喝，叫翠红倒了杯椰子汁给我。我红着脸说："没事的，我再陪伯父喝一点，一人喝酒没意思。"我看到未来老丈人的眼里流露出了一丝喜悦："小顾，你少喝点吧，我口大一点。"随着接下的几杯酒下肚，我的脸也越来越红，正是这个红帮了我的大忙，在我们本地流传着一句喝酒的谚语：脸红是忠臣，脸白是奸臣！后来有一次我们两个热火朝天地亲热了两次之后，翠红告诉我："你蛮会骗人的，第一次就骗过了我爸，说你老实呢。""我不老实吗？该老实的时候老实，不该老实的时候就不老实，现在你说我能老实吗？"

我与翠红的恋爱，一方面让人羡慕，同时也改变了一些人的恋爱观和婚姻观。我们的一些同事认为自己有国家户口、铁饭碗（分配工作时，介绍信上写的是国家干部）就非要找一个和自己差不多对等的，不是要求和我们自己一样是事业单位的，比如医院或银行的，就是企业效益好的，比如供销社、粮站、药厂、轧花厂，好像找了个没工作的就丢人似的。我这一点自认为比他们高明，我自己的家庭已经够穷的了，母亲去世，父亲又老了（我出生的时候，父亲已经四十六岁了），我上大学的生活费除了学校发的以外，剩下的全靠自己勤工俭学。至今还欠着我大伯和姑姑的几百元债。我既然没觉得穷丢人，当然也就不会觉得自己找了个没工作的老婆丢人，何况翠红是我喜欢的女孩，长得很像我大学时追过没追到手的那个女孩，那微圆的脸，那长长的睫毛，黑黑的妩媚动人的大眼，那披肩的长发，还有她独特的乡村女孩的单纯与稚气，这一切让我着迷令我倾倒。

我在学校食堂出现的次数越来越少，翠红在我宿舍出现的次数越来越多，当然，这还不包括无数个美妙的夜晚。

我去翠红家解决的主要是吃的问题，我未来的丈人丈母娘对我隔三岔五的到来颇为高兴，一方面他们认为终于找了个好女婿，同时也排解了他们的一部分单调寂寞的生活，按他们的计划恨不得我们立即生下个外孙子让他们带带才过瘾。翠红有时向我表达过这种愿望，但我想还是再过一段时间，恋爱是美妙的，婚姻是爱情的坟墓，我还不想早早进入世俗的坟墓，我想充分享受这激情美好充满活力的二人世界。

在翠红家解决的是吃饭的问题，到我学校，我当然要解决其他的问题了，比如精神的追求。我经常带翠红到我们学校图书馆看书，她喜欢看杂志，《读者》《女友》《婚姻家庭》之类的，有时还流点泪水来点小忧伤什么的，我觉得这时的翠红好美好可爱，如果不是在图书馆，我一定会把她搂在怀里。一到我宿舍，翠红总喜欢坐在我的床上听歌，她最喜欢听的几首歌都是刚刚流行的，有电视剧《渴望》的主题歌《好人一生平安》，还有杨钰莹的《我不想说》，到这时我才发现翠红其实很像杨钰莹，特别是那张有点圆的可爱至极的脸。不过我们最渴望的还是赶快拥有一套我们自己的房子。

3

随着对房子的巨大渴望，我们的婚事也很快提到了议事日程上来，当然一套房子对翠红他们家来说没什么难度，厂房里弄几间装修一下就行了。翠红的意思是住在厂里，一切挺方便的，给我买个摩托车下班就回家，从学校到厂里不过就七八分钟。我的意思是想在学校附近买个商品房，正好我们学校自己建了，又不贵，这样我们就有了自己独立的小天地。翠红说她父母希望和我们住在一起，房子照买，但暂时还是先住到厂里，等有了孩子再说。经济基础决定上层建筑，当然更决定话语权了，我只好暂时同意了。

可是接下来翠红父亲提出的一个问题我得好好考虑一下了，我们的孩子必须跟翠红姓，姓王。我毕竟是刚毕业的大学生，思想比较开放，在孩子跟谁姓的问题上无所谓。跟谁姓还不是一样，你的后代不可能都是男孩吧，女孩嫁了人生了孩子还不是换了姓，还要排除不能生育的。但作为儿子，我还是要征求一下我老父亲的意见。父亲听了我的话，连续抽了几支只有几分钱一支的劣质烟，我第一次发现做了二十几年生产队队长的父亲这么犹豫不决，我知道父亲的为难，他没有能力为我买房娶老婆，可又不愿将来自己的孙子跟人家姓，他怕自己的脸上无光，更对不起祖宗啊。我想，要是翠红和我一个姓就好了，唉，这该死的姓。我甚至看到了父亲眼里久违的几滴浑浊的泪。

父亲哽咽着说："招女婿毕竟不怎么好听啊，儿子，你自己看着办吧！"虽然父亲让我自己看着办，可他的意见明显地摆在这儿，是一种无可奈何的选择。

结婚谈判的底线很明了，翠红的父亲态度很坚决，孩子必须姓王，其他什么条件都好谈。我父亲的态度也逐步明朗起来，他把我两个姐姐找回家，把哥哥也喊了来，开了个家庭会议。哥哥是极力反对，我知道他是怕我招了女婿，赡养父亲的担子就落到他一个人肩上了。父亲沉吟了一会儿，像他无数次召开生产队的会议那样，给我哥哥和两个姐姐下了命令："你们都要拿出一些钱来，哪怕算是借的，也要帮弟弟娶个老婆。"父亲还说了些人穷志不短的话，我都有点心虚，好像是愿意做人家上门女婿而不愿自己奋斗的那种人，用鲁迅先生骂人的话讲是靠"做了女婿换来的"！

4

我和翠红的婚姻就此卡住了，我不能像父亲所说的那样做一个没骨气的男人，但我很爱翠红，翠红也很爱我，我们又没有勇气离家出走，我们两个整天地唉声叹气，有时面面相觑。我叫翠红再回去劝劝她的父母。翠红说："劝过了，劝不了，前面两次给我介绍对象也是这个问题不能让步。"我说："你就愿意我成为第三个人？"我想叫翠红用点非常手段。翠红说："那我去死好了。"我吓了一跳，沉默了，我觉得自己是不是为了爱情有点不择手段了。

翠红没按我的要求去做。有一天，一身幽香的翠红在晚上十一点多钟突然敲开了我的宿舍门，朦胧的灯光下，我发现了她脸上的泪痕。我一把搂过她丰满柔软的身子，她的脸贴近我裸露的胸膛，我发现我的热情在经过一段时间的冷冻之后突然迸发，像要吞噬一切的火苗吞噬着翠红。天亮之后，我才知道翠红是来与我做最后的告别的，她的一切努力没能说服和打动她那已成为米厂老板、地道商人的父亲。

翠红很快结婚了，她的老公是我的一个初中同学，也是我们大顾庄的，一直在外打工，家里弟兄四个，更重要的是他人品也不错，比我还老实，很爱翠红，对翠红很好，在我的大力撮合下，他们很快好上了，而且在我看来很恩爱，翠红的父母也很满意。他们结婚的时候，我托人带去了一个红包和一张《好人一生平安》的碟片，我没有去喝喜酒，我躲在自己的宿舍里喝着火辣辣的"分金亭"，反复听着杨钰莹的《我不想说》："……许多的爱我能拒绝，许多的梦可以省略，可是我不能忘记你的笑脸，想想长长的路擦擦脚下的鞋，不管明天什么季节，一样的天一样的脸，一样的我就在你的面前，一样的路一样的鞋，我不能没有你的世界……"一会儿我便泪流满面……

翠红请我在他家的米厂食堂里吃了饭，她陪我喝了酒，她说："你还是老样子，一喝酒脸就红！"我笑了，似乎有点词不达意，桃花依旧笑春风啊！我面前的翠红现在成了一家有上亿资产的米厂老板，她生了两个孩子，一个儿子跟翠红姓王，一个女儿跟我那个初中同学姓季，他们如今过得红红火火的。

第十七章　渔歌唱晚

1

我手下有一个大学生村官，她叫梦多思，是某位领导的女儿，我临挂职时，她父亲还跟我打了招呼，让我好好关照她。她是一所美术院校毕业的，喜欢画画。村里没什么事的时候，她就喜欢去写生。

一天下午，支好手中的画架，梦多思就觉得自己选对了地方。

秋天是幸福河最美的季节，从幸福桥的中间看下去，那岸边的芦花在微风的吹拂下，随风摇摆，发出沙沙的声响，非常美妙。水面上漂浮着一些荷叶、莲蓬和几片干枯的荷花花瓣，西下的夕阳在水面投下粼粼的波光……梦多思赶紧拿起画笔在画架上描绘着这美丽的图景。突然一阵带着里下河方言的歌声在河面上响起，是一个老男人的声音："老渔翁，一钓竿；靠山崖，傍水湾……"声音在水面上飘荡，忽大忽小，忽远忽近，缥缈得如风中芦苇的清香。

梦多思的笔停住了，从水面上吹来的秋风从桥洞里盘旋着钻进她粉色的连衣裙，凉凉的，但她似乎没有感到，她被眼前的景色惊呆了，久违的渔歌，在这特定的时刻让她凝神静思，整个人仿佛定格在这秋日的黄昏里。

庄上熟悉的人都知道，这是老郑打鱼归来了，老郑去收网时是绝对不会唱的，一来怕吓了鱼儿，二来要看每天的心情，心情好的时候，就在河面上放开嗓子来两句。估计今天收获不小，这样晚上老郑又可以多喝两口了，说不定喝完还会再拉上一曲二胡呢。

果然，当老郑的船一靠岸回到自己住家的大船上时，老郑就向同是靠打鱼为生的邻居老何卖弄起来："嘿嘿，老何，今天手气怎么样？我今天逮了两条鲤鱼还有一条鲑鱼。"老何回了句："那你今天运气好，往后可以休息几天了，我只弄了几斤罗汉鱼和两条草鱼。"休息？老郑摇了摇头，休息，哪能休息，自己手上又没多少积蓄，不能坐吃山空，哪里比得上老何，虽然老何也是个落魄的渔民，但他的儿子在苏南收废品，这几年发了财，会给他养老送终的，自己没儿没女，到时只能听天由命。不过老郑比较想得开，过了一天少了两个半天，有吃有住，还有点小钱花花，行了，钱是王八蛋，用了再去赚，所以老郑属于那种今朝有酒今朝醉的角色。老郑又向老何发出邀请："老何，来，喝两口大麦烧。""老郑，不客气，我早吃过了，你喝吧！"老何好像在看电视，他那台破电视是收废品的儿子孝敬他的，声音忽大忽小一惊一乍的，就像得了精神病，老郑经常听见老何批评自己家的电视。

老郑和老伴到家后的第一件事就是把捕获的鱼养在大船上的一只塑料桶里，留着第二天一早老婆上街去卖或者等鱼贩子开着摩托车来收。现在是秋天，天气凉了，养得住，夏天就不行，总是当天去卖，直到傍晚才能回家，往往是吃了晚饭才洗澡上床看电视。今天老郑决定先洗澡再美美地吃顿晚饭，喝点小酒。想不到老婆莲娣子已经在洗澡了，只见她站在不大的船舱里，用毛巾从一个塑料盆里蘸满水在自己的身上擦洗，变了颜色的水汇聚在地面的水泥上通过一个塑料管向船外流淌。老郑情不自禁地瞥了老婆一眼，五十多岁的人，却像六十大几了，老郑的心里突然涌起一丝歉意。

老郑悻悻地走出船舱，站在船头，看着自己的"家"——

这只五六年前花几千元买的大船。说是大船，船长不过十二三米，是人家搞运输淘汰下来的，一直拴在河边，老郑就低价把它买下来了。这样老郑的家就由小船搬到了大船上，小船专门成了捕鱼的船。老郑把老婆用鱼从附近工地上看管材料的农民工手里换来的水泥沙子和一些砖头简单地砌了一下，隔了一间卧室、一间餐厅兼厨房，还有一间就是老婆刚才洗澡的浴室兼卫生间，其实就是在里面放了个洗澡的塑料桶和尿桶，尿桶主要是为了夜里方便，平时白天他们都在岸上人家的菜地里，肥了人家的蔬菜。这一点，老郑绝对比老何好，老何有人没人时经常在船帮上直接对着河面拉撒，然后自己洗菜淘米洗衣服都在河里，除了吃的水是挑的岸上的李寡妇家的，一个月给三块钱。老郑认为老何对着河面拉撒，一点也没有环保意识，缺少公德心。老郑瞧不起老何在河上拉撒，就与他同样瞧不起老何捕鱼一样。老何是不管大鱼小鱼，哪怕麻虾，一律通吃，能卖几个钱卖几个钱，而老郑绝不，老郑虽然没有后代，但老郑捕鱼的丝网属于中等，小鱼是可以溜掉的，老郑认为现在溜掉小鱼是为了将来源源不断地有大鱼捕，剩下的不多的渔民才能把日子过下去。老郑凝视着自己的"两室一厅"的家，感到颇为自足，虽然没有那些贩鱼的养鱼的高楼大厦气派，但在幸福河边有这样一个属于自己的船也已经不错了，再说，高楼大厦有什么好，民间不是有句俗语嘛：船真屋假嘛！一有地震什么的，屋会倒塌，但船不一样，人想到哪儿，船走到哪儿，你能移动房子吗？

老婆终于洗好了，换了一件草绿色的春秋衫出来了，里面一件大红套头衫分外显眼，尽管那里有点空空荡荡，还是让老郑的眼睛亮了一下，老郑已经好久没与老婆快乐过了，老婆属于偏瘦型的，晚上活动的积极性不高，老郑晚上一喝点酒就来了神，来了神就缠着老婆不放。老婆就说："老郑，你个老家伙，都这么大岁数了，还这么好！"老郑说："电视上不是说，人生六十还花枝俏，何况我才五十八呢！"

老郑年轻时就随父亲在幸福河附近打鱼，那是大集体时代，渔民也拿工分，他们为大队里养鱼，到春节时社员都会分到大小不等的鱼。在那个物资匮乏的时代，每年春节前的分鱼场面热闹盛大，洋溢着喜庆的气氛，跟在父亲后面的小郑总有一种自豪感，特别是在那些来分鱼的姑娘面前。后来包产到户，鱼塘被大队里有关系的人承包了，老郑就借钱买了只十五吨的水泥船和老婆到苏南去跑运输，跑了几年赚了点钱，又换成了三十吨的船，可是好景不长，刚买的船又要淘汰，国家规定一律要铁船才能跑运输，一只铁船吨位小的也要五六十万，哪里买得起。祸不单行，在一次运输中，可能是老郑第一天晚上喝了太多的酒，也许是雾大没看清楚，老郑的水泥船在运河里撞翻了一只小船，行船的老人被撞伤住进了医院，老郑被迫卖了船给老人看病赔偿，最后夫妻俩两手空空回到老家大顾庄，只好把老郑父亲当年留下的一只小木船修了修，刷了桐油漆，在幸福河和车路河里靠捕鱼维持生计。用老婆莲娣子的话讲，生死在天，富贵在命，老郑，我们没有发财的命，这辈子我认了。

14英寸的彩电上又布满了雪花，是信号又出现了问题，老郑爬到电视天线杆旁转动了一下方向，画面稍微清晰了一些，老郑喜欢看赵本山拍的电视剧《乡村爱情》，老郑说："这个老家伙，真有本事，养活了好多人，还有自己的直升机。"老郑对本山大叔佩服得一塌糊涂，他就是自己心目中的偶像。有一次，老郑从电视上惊喜地发现，自己竟然和赵本山一样大，也是五十八岁，老郑快乐得像捕了条大鱼似的，惹得老婆拿他开心："你干脆叫郑本山好了。""郑本山怎么了？我老郑也有才有艺呢，会拉二胡，会唱板桥道情。"生活中的老郑对自己还是蛮自信的，除了赚钱。电视剧才播了一集，老婆已打起了呼噜，下午几个小时的劳作使她脸上布满了疲惫，口水流在席子包的枕头上，在黑暗中随电视的明暗闪着晶莹的光。

2

一大早，五点不到，老郑的老婆就起床了，她要到镇里去卖鱼，去迟了，就没好位置了，他们属于临时摊贩，不要摊位费，谁先到，谁就摆下摊卖东西，偶尔有市场管理人员也来收个一两块钱，给就给了，又不是太多，落得个安心。

莲娣子今天运气好，很快就有了买主，两条鲤鱼和一条蛙鱼在一番讨价还价中终于成交。当莲娣子把最后一条鱼杀完，装进白色的方便袋交给一位家庭主妇的时候，她直了直有点酸痛的腰，用塑料桶里剩下的不多的水洗了洗手上的鱼血和鱼鳞，又把刀简单地洗了一下，装进白色的方便袋一起放到木桶里。她和别的鱼贩子不一样，他们喜欢用黑方便袋给客人装鱼，她知道，他们几乎都短斤少两，把鱼从水里快速地捞上来，称的时候速度很快，杀好后用黑色的方便袋给你装好，稍微细心的人就会知道，黑方便袋明显地比白色方便袋厚重一些。回到自家的大船上，莲娣子把今天卖鱼的钱点了点，两条鲤鱼、一条蛙鱼，再加上几斤杂鱼，一共卖了二百一十八元，这是一个好数字，她的心里涌起一阵难得的喜悦。

正准备洗衣服的时候，老郑回来了。老郑是和老何一起喝早茶去了，从船上上岸，向东一直走几分钟到街上就是一个茶馆，叫"顾家茶馆"，也是庄上唯一的茶馆。老郑隔三岔五地就和老何去那里喝茶，今天是老何请的客，下次就轮到老郑请了，茶菜也不贵，一盘干丝，上面撒些花生米，再拌几棵芹菜或大蒜，放几片生姜，浇上麻油、酱油和卤子，口味绝佳，一人泡上一杯绿茶，谈着话，吃吃茶菜，把自己的早生活点缀得悠闲实在。茶馆里的虾饺和三丁包子很好吃，每次回家老郑都要带几个给老婆吃，今天也不例外。老郑把几个包子递给老婆，莲娣子才感到自己的肚子在咕咕叫了，她接过老郑的大塑料茶杯，猛地喝了一口水，一会儿，三个包子就下了肚。老郑说："慢慢吃，你看你，古人讲，宁生穷命不生穷相，你看你吃得急吼吼的样子，现在又不是困难时期，哪有那么饿。"莲娣子笑了："我确实饿了，哎，老家伙，你猜，今天我们的鱼卖了多少钱？"不等老郑开口，莲娣子就迫不及待地自报了数字："二百一十八。""好数字。"老郑配合道。他们有个小小的计划，想存点钱买个农村养老保险，这样年纪再大一点做不动的时候，生活就可以有点保障了。

老规矩，每逢上茶馆的这天中午，他们的午饭就简单点，不是炖豆腐，就是青菜烧百叶，再炒点空心菜什么的，就基本能对付过去，晚上再说，高兴了，就去附近的熏烧摊上买点素鸡或花生米之类的，不愿意，就自己家炒点蚕豆，能下酒就行。老郑以前在船上落下的老毛病——关节炎，平时喝点酒舒活舒活筋骨，有好处。饭，老婆洗好衣服会做，老郑没事，和老婆说了声："我上去转转。"就踏上木头跳板上了岸。莲娣子知道，老郑这是又到李寡妇家去了，虽然她一直怀疑老家伙和李寡妇好上了，但又没抓到过把柄，况且老何也经常到李寡妇家。再说了，家里的经济大权都在自己手里，也没见老家伙向自己要过上百的钱，都是用十块二十块的零钱买点家用的小东西，倒是这李寡妇，三天两头地往船上跑，不是送这就是送那。李寡妇的丈夫死得早，儿子在省城南京当干部，据说是某个局的局长，儿子一直让李寡妇到南京和他们住在一起，可是李寡妇去不了几天就要回来。她告诉莲娣子说："在南京就像坐牢，那么大一个房子，白天自己一个人待在家，每天对着电视说话，又没人玩，过几天就生病。"儿子没办法，只好把家里的老房子拆了，在原来的地基上按商品房的格局砌了一套房，因为一个人住，只砌了一层。李寡妇人好，大方，儿子带回来的东西吃不了，就分给左邻右舍，大家自然和她就不见外，特别是住在附近的几户渔民经常把她家作为活动的据点，有时在她家打个小麻将，有时大家集中在她家，几个老人拉拉二胡唱唱淮剧，李寡妇家俨然成了水边俱乐部——渔民的活动中心。老郑的二胡和板桥道情很受李寡妇的喜欢，下雨天或不出去打鱼的时候，只要李寡妇在家，老郑总会夹着二胡喊上老何、老王一起到李寡妇家娱乐一番。老郑家吃的自来水就是李寡妇家的，虽然每个月给三块钱，但莲娣子知道，那是远远不够的，一吨水就三块，有时还在李寡妇家洗衣服，她家有一台全自动洗衣机，碰到天气不好，或冬天天冷的时候，老郑家的衣服就会挂在李寡妇家的天井里。当然，李寡妇家院子外的菜地只要一有空，老郑就会主动帮忙，因为这菜地的一大半菜都是被老郑家吃完的，所以，浇粪施肥这些脏活累活自然是老郑的。

说起当初与李寡妇的相识，老郑还有点不好意思。那是三年前的一个夏天，老郑与老婆收网归来，莲娣子上街卖鱼去了。老郑下了小船，突然肚子痛，可能是中午吃了前一天没舍得倒掉的馊菜，拉肚子，来不及去找公厕，老郑上了岸就在李寡妇的菜地里拉上了，谁知，拉完，老郑起身系裤带时，才发现菜地里弯腰除草的李寡妇，老郑脸一下子红到耳根，甚至连整个脖子都红了。就在老郑准备慌张逃跑的时候，李寡妇说：“带点蔬菜上船吧，我一个人吃不了，很新鲜的。”说着，摘了两个西红柿和几根黄瓜捧给老郑，老郑才从尴尬中摆脱出来，连声谢谢。李寡妇又说："韭菜青菜，你家要吃随便来弄，不要客气，反正我一个人吃不了，地空在这儿又可惜，我种点蔬菜，绿色无公害产品，又能锻炼身体。"到底在省城待过，说话也不一样，老郑心里很佩服。第二天，老郑把捕到的野生鲫鱼送了两条给她，从此以后便有了来往，老郑家的自来水也解决了，不用再去较远的地方挑了。莲娣子也知道，自己家的鱼有时会跳上李寡妇的桌，但比起李寡妇送给他们的东西，那简直是九牛一毛了，只要老家伙不把他自己送到李寡妇的床上去，自己就不管。邻居好，赛金宝，大家需要的是和平相处，快乐相伴，大家一起开心就好，开心对普通人来讲，比什么都重要。

3

下午四点，老郑和老婆准时出发，莲娣子荡着双桨，小木船在水面上快速地行进，穿梭在幸福河里。秋日的太阳虽不像夏日那么火，但晒到身上还是有那么一丝热意，河面上轻舟荡漾，倒影幽幽，河中的水草依稀可见。老郑卷起单衫的袖子，稳稳地立在船头收丝网。张丝网在里下河地区是一种传统的大众化的捕鱼方式，从最初的蚕丝网，到后来的麻丝网、尼龙线网，直到现在的透明胶丝网。织好的丝网配上塑料泡沫做的浮子和铅做的脚子就能捕鱼了，老郑的丝网就是老婆莲娣子自己织的。想起他们当年的相识，老郑眼前总忘不了三十多年前一个栀子花盛开的夏季，自己在大顾庄西头的老楝树下，碰到了一个正在织网的渔姑，她手中的梭子上下左右翻飞，嘴里唱着当时流行的电影插曲：洪湖水呀，浪呀么浪打浪啊，洪湖岸边是呀么是家乡啊，清早船儿去呀去撒网，晚上回来鱼满舱啊……当时的小郑被深深地吸引了，后来回家托人说媒，终于把莲娣子娶回了家。

老郑的手快速地向上收着丝网，把网中的鱼快速地抖到身后狭窄的放了一些水的船舱里。一般的丝网几乎什么鱼都能捕，小到罗汉鱼鳑鲏鱼，大到草鱼鲤鱼，甚至甲鱼螃蟹都会上网。张丝网大多在傍晚，收网则在早晨，网是要在河里过夜的。不过老郑为了省事，常常是傍晚收网，收完再顺便放下网，这样第二天上午都可以做其他事，甚至打打零工，为即将要买的养老保险存点钱。今天老郑的收获不大，只有十几条鲫鱼和小半斤青虾，老郑的网和其他人的不一样，他的网眼比老何的大多了，所以就比老何少捕许多小鱼，老何可是小鱼也能卖个几十块的。大集体时，老郑和许多农民一样，还羞于捕鱼。老郑还记得大队长经常跟村民们讲：打鱼摸虾耽误庄稼。如今，附近又建起了好几个水上"渔家乐"，把鱼都吓跑了，如果不是老板们自己放养的鱼让客人来垂钓，哪有什么鱼钓？河面也越来越肮脏，各种垃圾满河都是，红色白色的桌纸，一次性酒杯，甚至还有过夜的人扔下的避孕套，在水面泛着令人恶心的泡沫，声势不大的河水已无力将它们送到远处净化。老郑甚至担心，终有一天自己或后来者们会再也捕不到鱼了。

就在放完网准备回去的时候，老郑看到不远处的幸福桥上有个女孩在向他招手，女孩另一只手里拿着什么，白色的裙裾在河边的微风中轻轻飘动。莲娣子问："小丫头是向我们招手吗？"老郑说："好像是，你靠岸看看人家有什么事。"莲娣子的双桨一荡，船像一条鲤鱼一样朝桥下游去。女孩个子高高的，长得很清秀，她对莲娣子说："阿姨，你们天天在这儿捕鱼吗？"一般的人都叫她奶奶或大妈，难得有人叫她阿姨，莲娣子心里有了点小小的激动。"是呀，只要不下大雨我们几乎天天来。""我能坐你们的船在河里走走吗？是这样，我是这里的大学生村官，我来这里写生，就是画画，我觉得这里的景色很美很有特色，我要找些灵感，画下这里的风景还有你们捕鱼的画面，真是太美了。"莲娣子笑了笑，大学生村官？我们又不跟干部打交道。她也没征求老伴的意见，一口回绝了。"小丫头，不行啊，今天太晚了，改天吧！"老郑本来想说句什么，可是一想今晚约好了到李寡妇家打麻将，也就同意了老婆的意见。梦多思很当真："那好吧，就明天，明天行吗？明天麻烦你们早点来，我在这儿等你们，谢谢你们了！"莲娣子用单桨把船支离了岸，掉了头，小船飞快地向自己家大船的方向驶去。

晚饭吃得早，因为要打牌，老郑今天只喝了二两酒，老婆收拾碗筷的时候，老郑说："我去打牌了，你过会儿来看看。"莲娣子说："我才不去看呢，我没你精神足，我要早点睡觉，明天还要把那条刮破的丝网补上呢，你打完早点回家。"老郑知道，最后这句话是有讲究的，肯定是老婆听别人瞎嚼舌头，怀疑他跟李寡妇有一腿。老郑也不计较，只说："知道了，你放心，一结束就回来。"老郑便披了件平时难得穿的米色夹克上了岸，嘴里哼着："老渔翁，一钓竿……荻港潇潇白昼寒，高歌一曲斜阳晚……"两分钟不到老郑就进了李寡妇家的院子。李寡妇还在吃晚饭，一个人，李寡妇是不亏待自己的，猪肚丝烧的白菜，几片凉拌牛肉，还有韭菜百叶，一碟花生米，西红柿蛋汤。乖乖，一人也是四菜一汤，还蛮会享受的，老郑心里感慨道。李寡妇说："老郑，弄点酒。"老郑客气道："在家弄过了！""再弄点，这是我儿子带回来的好酒！"李寡妇劝道。老郑当然知道这是好酒，一百大几十块钱呢，能买自己的"大麦烧"好几十斤呢。可是老郑是个很要面子的男人，他说："我酒足饭饱了，你快吃吧，吃完去叫人。"李寡妇收起酒杯，端起饭碗说："你坐坐，我去喊他们。"老郑说："别喊老何，老何打牌不爽气，输了钱骂骂咧咧的。"其实，老郑是怕老何在自己老婆面前瞎说。

《新闻联播》还没开始的时候，一圈已结束，老郑今天手气特别不好，不是自己出铳就是人家自摸，即使和了也是小牌，老郑带的一百元钱输得精光，老郑的额头甚至有了些细细的汗珠。这一切，李寡妇看在眼里。第二圈，老郑转了运气，连续自摸了好几把，最后结束的时候只输了二十几块钱。老王和老钱嘴里啰唆着离开了。老郑最后一个走的，今天麻将打得快，时间还早，才八点多钟，他要当面悄悄感谢一下李寡妇，不是她，自己今天就惨了，一百元是老婆给的，输了，老婆会骂的，可能就是自己两口子两三天的辛苦费。

李寡妇脱掉打麻将穿的一件外套，里面的白色罩衫把她身材优美地呈现出来，她打开了客厅的四十二英寸的液晶彩电，里面正在放《乡村爱情》续集。

老郑惊喜地问："你也喜欢看这个呀？"

李寡妇微笑着说："蛮好玩的，搞笑。"

灯光下的李寡妇丰满漂亮，她正看着自己，目光里有一股炽热。老郑感到自己的血流在加速，心跳也加速，他仿佛听见了自己咚咚的心跳，老郑差点控制不住自己，脑中闪过莲娣子饱经风霜的脸……恍恍惚惚中，老郑看见李寡妇的手里递过一把钞票，五块的、十块的、二十块的，"给你，这是你上几次输的钱，我赢的。"李寡妇把钱往他手里一塞，"我们大家一起娱乐娱乐的，不能让你输钱。"老郑的脸红了："胜败乃兵家常事，输赢是肯定有的，没输赢就没意思了，我不要。"可是，李寡妇不容他说，塞到他的米色夹克的口袋里，"留着下次再来吧！"老郑谢过了李寡妇，嘴里说着："这怎么好意思呢？"出了院门，往自家的船奔去。外面月亮正圆，通往大船的路一片白色，走着的老郑，心里一直庆幸自己幸亏没冲动做错事，要不然到死都怕对不起莲娣子。

回到船上，老婆已睡了一觉，翻了个身，打了个招呼："老东西，今天怎么回来得这么早？""嗯，麻将一

213

散就回来了。"老郑躺下，一把扳过老婆的身子，把她搂在怀里。

船外的水面，一片银白。船内，老郑做了一个美梦⋯⋯

4

一大早，莲娣子就起来了，拿了梭子和线准备补一条丝网，这条丝网上次不知怎么的被什么船桨刮破了，好大的一个洞，扔了可惜，补一下还能再用个一年半载的。可是走出船舱一看，外面好大的雾，水面上白茫茫一片，连自家的小船都看不见。记得以前河面上也有雾，但那是薄薄的，有时好像还是透明的，哪有现在这么浓，连岸边都不见了，更不要说岸上的房子建筑了，雾气中似乎还有一些颗粒物，甚至还有一股说不出的味道，看来今天这雾一时半会儿散不了，莲娣子只好又回到舱里，继续躺下睡觉，可是睡不着，老郑睡得正香，一摊口水挂在嘴边，似乎在微笑。莲娣子忽然想起，夜里老郑曾搂住她，说了一些梦话，记不清说的什么了，其实当时就没听清，反正好像是什么高兴的事，说不定在捕鱼或干什么活呢，老郑就是这点好，不管日子多苦，他总是看得开，整天乐呵呵的，从不考虑将来老了怎么办，养老保险究竟什么时候买，买不买。想到这里，莲娣子就怪老郑，前几年，政府有政策，可以让他们去敬老院，管吃管住，一个月还发几十块钱，可是老郑说，趁现在自己手脚能动，身子骨硬朗，自己余点钱养老，敬老院里有什么意思，硬是不肯去。如今两个人岁数渐渐大了，感到有点力不从心了，光两三个小时的丝网收上来再放下去就累得够呛，莲娣子是明显感到自己的身体大不如以前了，身上到处疼，特别是关节到了冬天，疼得直抖，去年老郑带她去看了一下，躺在一个仪器下扫了一下，去掉三五百，回家后悔了好几天。

快到中午的时候，雾渐渐散了，昨天就捕了几条鲫鱼，老郑做主，送了两条给李寡妇烧汤，剩下的几条自己家红煮，又把李寡妇给的扁豆烧了，午饭就打发过去了。吃过饭，老郑说："今天早点去收网，晚上肯定有大雾，到时候看不见回来。"他们一点钟就出发了，到了自家布网的水面，便开始收网，平时他们一般都是下午三四点钟来收网，今天太阳还在中天，他们就来了。雾已全部散去，河中间的水清澈得看见长长的水草在水底慢慢地招摇，风吹过来，飘来芦苇的清香。本来今天不抱什么希望，毕竟比平时少了两个小时，两个小时，就会多一些鱼钻网的机会。可是老郑的第一条网，在收上来十几米的时候，就有了一条两三斤的红鲤鱼，接着又收了两条二斤左右的青鱼，老郑一下子兴奋起来，光第一网的三条鱼再加上一些杂鱼就能有将近二百元的收入，看来今天运气来了，老郑的双臂更加有力，收网的胳膊上面的肌肉都饱绽出来，一双深陷的眼睛放射出一种尖利与明亮，莲娣子的双桨击打着水面旋起一朵朵快乐的浪花。

两个小时不到，老郑家的五条每个将近两百米长的丝网全部收上来了，老郑简单地在船上把丝网清洗了一下，又重新放下去，只换了一条上面有个小洞的。五条丝网快速地放下去，如种下的五块庄稼，心里踏实地等待着下一次收获的浓浓喜悦或淡淡失望，当然不管喜悦或失望，都是属于自己必须去实施的一个过程，至于是风调雨顺还是干旱冰雹，那只好听天由命，看天收。五条丝网就是老郑两口子的孩子，充满成长的期待与希望，是老两口生活的寄托。就在老郑沉浸在收获的片刻喜悦中的时候，老婆莲娣子的话打断了他："老头子，那个丫头又在桥上喊了。"老郑这才想起昨天与女大学生村官的约定，赶忙叫老婆把船靠到桥下的一个水泥码头上。

女孩今天穿着一条白色的牛仔裤，水红的衬衫外是一件乳白的风衣，看来女孩喜欢穿白色的衣服，老郑还记得她昨天穿的是白色的裙子，显得大方朴素，清清爽爽。莲娣子打量着女孩，也有和老郑同样的感觉。按照女孩的请求，莲娣子把船划进了幸福河与车路河的交界处，女孩自我介绍说："我姓梦，叫梦多思，在这个村里做大学生村官，工作不忙的时候，我想创作一组关于水乡的油画。"梦多思，还不如叫席梦思呢，老郑心里嘀咕道，不过女孩子长得倒是挺好看的，看了一定会让人做美梦。"油画，用什么油画？菜油还是色拉油，可千万别用地沟油，地沟油会把人吃坏。"莲娣子一边荡着桨一边插话道。梦多思被她的话惹得忍不住抛出一串银铃般的笑声，几只野鸭子扑棱棱地从芦苇丛中飞起，尖叫着掠过水面飞走了。梦多思说："阿姨，是在画布上用调好的各种颜料来画，跟我们吃的油无关。""她个乡下老太婆没见过世面，哪知道什么是油画，还以为是油菜花呢，我看过国画，迎客松的那种。"老郑卖弄道。"哎，大伯喜欢国画，什么时候我送一张给您。"梦多思附和道。

　　船从幸福河进入了更为宽阔的车路河，又划进了附近的得胜湖，进入一片芦苇荡，仿佛进入了一片芦苇的海，白色的芦花，如一片片展开的丝绒，正迎风飘摇，阵阵清香伴着水汽让人感到神清气爽！梦多思站在船头，情不自禁地张开双臂，像一只展翅欲飞的鸟儿，翱翔在宽阔无垠的湖荡里，老郑害怕她掉下河，一只手紧紧攥

217

住她的牛仔裤，"当心，当心。"老郑感慨地说："以前的湖面可大了，一眼望不到边，如果不是围湖造田，得胜湖可比现在的溱湖湿地公园大多了，那时真的是天蓝水清，鱼虾满湖，有'胜湖秋月'的美景，我老祖宗郑板桥的'湖上捕鱼鱼最美，煮鱼便是湖中水'，现在只能成为一种美好的回忆了。""您是郑板桥的后代？"梦多思来了兴趣，"难怪您会唱板桥道情呢！""小姑娘，你真聪明，不过我是板桥先生的旁系，也算是他的后代吧，我上次唱的那曲就是老祖宗在游览得胜湖写的。"梦多思忙鼓掌："郑大伯，能不能再给我唱唱。"今天心情好，鱼捕得多，好久没有人这么和自己说过话了，总算遇到了个知己，忘年交。老郑清了清嗓子，高歌起来："老渔翁，一钓竿。靠山崖，傍水湾。扁舟来往无牵绊，沙鸥点点清波远。荻港潇潇白昼寒，高歌一曲斜阳晚。一霎时波摇金影，蓦抬头，月上东山。"歌声悠扬、高亢，夕阳下的湖面金光闪闪，碧波荡漾，梦多思沉浸在一幅浑然天成的图画里。夕阳下的老郑立在小小的船头，像一尊金色雕塑！莲娣子荡着桨，她看出老头子今天很高兴，好久没看他这么高兴过了。

老郑唱完，对梦多思说："其实你大娘她也会唱，当年唱得好着呢，她会唱那个'洪湖水，浪打浪'。""阿姨，来一个，快来一个！"梦多思的手掌刚才都拍红了，她继续拍了起来，"阿姨，来一个，来一个吧！"莲娣子有点不大好意思唱，多少年没唱了，还是三十多年前做姑娘时唱过的。禁不住梦多思的再三请求和老郑的怂恿，莲娣子终于边划桨边唱了起来："洪湖水呀，浪呀么浪打浪啊，洪湖岸边是呀么是家乡啊，清早船儿去呀去撒网，晚上回来鱼满舱啊……四处野鸭和菱藕，秋收满帆稻谷香，人人都说天堂美，怎比我洪湖鱼米乡啊……"老郑也忍不住鼓起了掌，在金色的夕阳中，梦多思没有注意到老人眼里那闪闪的泪光。

5

老郑终于有了一部自己的手机，是梦多思送给他的，虽然是旧的，却是彩屏的。那天下午从得胜湖回来，梦多思为了感激他们，掏出一百块钱给老郑，作为船费，老郑坚持着推了回去，说："你刚工作，又是我们的村干部，哪能要你的钱，以后有需要尽管说。"女孩又把用手机录下的他们唱的歌曲放给他们听，老郑和老婆都感到神奇，想不到手机也能录音，还有他们捕鱼的照片，老郑一直盯着梦多思的手机看，想不通是怎么回事。梦多思误解了，她说："郑大伯，船费你们不要，我送你个手机吧，这样以后我们好联系。"她从自己随身带的包里掏出一部红色的手机，说："我回家把照片和声音处理好存到这个手机里，重新给你办个卡。"

第二天，梦多思就找到了他们的渔船，她把充了四百元话费的手机递给老郑："郑大伯，我充了二百送二百，没最低消费，估计你们能用一两年的。"看到他们船舱里简陋的生活设施，梦多思善良的心难过了好一阵子，真想不到，现在还有人过着这么贫困的生活，想想自己，真是太不知足了，带着深深的惭愧与同情，梦多思离开了渔船，上了岸，她想，自己是否能帮他们一些什么。

拿到手机的老郑是兴奋的，他的第一个号码是梦多思的，第二个号码是李寡妇的，第三个是老何的，后来又增加了几个小饭店老板的号码和一个鱼贩子的号码，老郑的手机号码在不断增加，就像老婆手里的存款一样，虽然数量不多但也在增加，能增加就好，多总比少好，老郑认为。

手机的功能很多，能拍照能听音乐，能发消息，不过这些老郑都不大用，就是电话也难得打，几乎就是接听。有天夜里老郑无意中碰到了什么键，手机突然响了起来，是梦多思给他下载的一些老歌。老婆吓醒了："老东西，你不睡觉啦，明天还要收网呢。"可是老郑由于对手机的功能还不太熟悉，怎么关都关不掉，手机由"洪湖水浪打浪"唱到"一条大河波浪宽"，由"妹妹找哥泪花流"唱到"向前进，向前进"，由"日落西山红霞飞"唱到"军港的夜呀，静悄悄"，可是就是不停，老郑想去找老何帮自己关，可他估计老何也不会，就是他会也不能找他，太没面子了，以后就有了话柄在他手里了。想上岸去找李寡妇关，可是现在是夜里三点多钟，这时去敲门肯定不太合适，不要说李寡妇，就自己老婆莲娣子也会多心。老郑只好一个键一个键地在被子里尝试，可是手机还是在唱，为了不影响老婆睡觉，老郑只好找了个方便袋把手机包裹进去，这样声音果然小了很多，老郑后悔昨天自己把电充得满满的，如果没电了，手机就会自动关机，就不会半夜鸡叫了。开始听听，老郑还觉得蛮享受的，听着听着老郑就累了，后来竟迷迷糊糊地睡了，直到老婆喊他起床，老郑一骨碌就起来了，赶忙上岸去李寡妇家，李寡妇刚刚起床在上厕所，听见老郑的叫声，赶忙洗手出来。李寡妇听说老郑的手机唱了一夜，忍不住笑了起来，接过去，按住一个键暂停了两秒钟，手机就不唱了。老郑不好意思地笑笑："奇怪了，连手机也欺负人，听你的话不听我的话。"为了感谢李寡妇帮自己关掉音乐，当然更主要的是为了还她上次打麻将的人情，老郑喊李寡妇一起去街上的"顾家茶馆"喝茶，老郑害怕遭到拒绝，连忙补充还有自己的老婆和邻居老何。老何一喊就到了，可是自己的老婆莲娣子却不肯去，她在家吃昨天晚上剩下的菜泡饭，给了老郑一张百元大钞，叫他喝完茶顺便买点菜回来。

三个人在"顾家茶馆"门口的一张小桌子上坐下，点了三盘卤汁烫干丝，一人一份，一小盘煮的五香花生米、酱生姜和冰糖桂花藕，又点了四只虾饺和四只松子烧卖，一盘韭菜鸡蛋饼，一份大煮干丝，老郑还要再点，李寡妇说："太多了，吃不了浪费。"三个人喝的是李寡妇从儿子那里带回来的千把块钱一斤的安吉白茶，比他们平时喝的大叶子茶叶好多了，喝在嘴里香气氤氲，口齿生香。老何感慨道："我们今天喝茶的档次不低呀，虾饺、白茶。"老郑也感慨颇多："是呀，以前像我们这些渔船上的，连衣服都穿不暖，有时上岸就一件衣服，姐妹几个轮着穿，难怪人家叫我们鱼花子，哪想到现在还能过上这么好的日子，没事经常坐馆子。"三个人当中，李寡妇属于首富，儿子当干部，自己又有退休金，每月两千多，日子过得最惬意，钱用不掉，可是她总觉得自己的生活中少了点什么，老郑和老何没多少钱，日子照样每天过得乐呵呵的。特别是老郑，没子女，又没退休金，仅靠打鱼维持基本的生计，可是看不出老两口对将来有什么担忧。喝完茶结账的时候，老郑掏出老婆给的百元大钞很潇洒地递给老板娘，老板娘正准备找钱的时候却发现钱是假的。"假的，怎么可能，我老婆刚刚在家里才给我的！"老郑一脸的不高兴。老板娘把钱放在验钞机里一过，机器果然叫了："你看，是假的吧！"老板娘把红色的百元钞票递给老郑："换一张吧。"老郑涨红了脸，他身上就这么一张一百的，自己打麻将的钱放在船上卧室的席子底下，晚上打麻将才会带在身上。李寡妇说："我这儿有，给你。"说着掏出一张一百的给了老板娘，老板娘放在机器上验证了一下："不假！"就找了钱。

回到船上的老郑一脸的怒气，把吃剩带回来的包子往桌上一扔，也不和老婆说话。正在洗衣服的莲娣子问他："买了什么菜？""买菜，买个屁，你瞎了眼啦，给我假钱，让我在人家面前丢人现眼的。""假钱？"莲娣子吓得差点从屁股下的小凳子上跌下来："那是昨天我卖鱼的钱呀。"看到老婆受到的惊吓，本来想大发一通火的老郑很快改变了自己的态度，何况，他看到老婆的泪水已经夺眶而出，流在她枯瘦暗淡毫无光泽的脸上，老郑的心一下子就软了。老郑从自己睡觉的席子底下拿了一张一百的，上岸去还给李寡妇。顺便从李寡妇的菜地里拔了些青菜和

芹菜回来，青菜烧汤，芹菜炒鸡蛋，这样中午又基本能对
付过去了。

6

一天上午，老郑接到了梦多思打来的电话，说下午要
跟他们一起去收渔网，体验一下捕鱼的过程。

这是梦多思长这么大第一次上船看收丝网，第一次近
距离地与湖面接触，所以很兴奋。莲娣子缓缓地划着桨，
随着老郑手里的丝网一截截地被拽上来，有几条鲫鱼在网
里活蹦乱跳着，梦多思想去帮忙取下网上的鱼，可是怎么
也取不下来，急得满头大汗，老郑给她示范，抓住丝网轻
轻一抖，鱼就被抖进了小船一侧的水槽里。老郑说："你
不能逆着网取，要将鱼身子顺着网眼。"望着不慌不忙一
边提网一边取卡在网里的鱼的老郑，梦多思心里充满了敬
佩，真是在山靠山在水吃水，郑大伯在水边早已练就了
一手捕鱼的绝技。第一网收上来，收了七八条鱼，估计有
四五斤。梦多思用白色的面纸擦擦自己流汗的额头，问正
在缓缓荡桨的莲娣子："阿姨，像你们这样张丝网捕鱼，
一个月下来，比在岸上打工要好吧？"莲娣子可能是受了

几天前假币的影响，还没从被骗的伤心里走出来，有气无力地回答道："哪能跟岸上打工比，我们是靠天吃饭，靠水吃饭，刮风下雨不能收网，冬天天冷了收不到鱼，现在鱼又少，卖的钱刚够管个嘴，还不能生病什么的。"

听到老婆的叹息声，老郑害怕老婆把收了假币的事一不小心说出来，让人家大学生村官笑话。他连忙引开了话题："现在可不比以前啦，以前鱼多，也大，很好捕，还记得以前我们撒网捕鱼，那气势真够大的。"听了老郑回忆性的描述，梦多思的眼前仿佛出现了当时的画面：夕阳西下或晨光初曦的湖面上，渔船依次排开，忽而一字形，忽而月牙形，女人用双桨稳着船，男人立于船头，把手中的渔网奋力猛地往外一撒，仿佛天女散花一般，空中画出一道道优美的圆弧，这圆弧飞快地落到湖面上，又飞快地沉入水中，过几分钟，收网时，网里已是活蹦乱跳的鱼，正像歌里所唱的那样：清早船儿去撒网，晚上回来鱼满舱。

"老鸦捕鱼你看过吗？我们叫放老鸦。"老郑问。"我在电视里看过。"梦多思回答说。梦多思的脑海里又呈现了老鸦捕鱼的场景：老鸦又叫鱼鹰，它待在荡着桨的小木船里，小木船与浙江绍兴的乌篷船差不多，长长的、窄窄的、尖尖的、翘翘的，快捷而灵敏，就是少了个篷子，女人荡桨，男人放老鸦。船尾的女人娴熟而机敏地荡着桨，船头的男人激情四溢，脚下蹬着舺板，"啪啪啪——啪啪啪——"嘴里吆喝着："么啰嗬——么啰嗬！"手中挥舞着长长的竹篙，像乐队的指挥棒，忽左忽右，忽远忽近，忽急忽缓，老鸦随着渔人洒脱的动作，潜水捕鱼，不一会儿就会叼着一条鱼上来。老郑说："老鸦几乎什么鱼都能捕，我最喜欢看老鸦捉甲鱼。""甲鱼那样一个张牙舞爪的东西，人都很难逮，老鸦怎么抓得到的？"梦多思感到不可思议。老郑说："我亲耳听一个老渔翁给我讲的，他有八只老鸦，一大早就去湖里放鸦，可是下水后一个猛子就再也没上来，老渔翁傻了，不知什么原因，但经验告诉他，老鸦肯定会回来的，一直等到晚霞满天，就在他伤心绝望的时候，忽然看见前方有一团黑乎乎的东西，船划近一看，原来是八只老鸦抬着一只大甲鱼，有七八斤重，老渔翁快活极了，卖了个大价钱。"

就在两人谈话之际，老郑又收了四张网，今天的鱼不多，五张网总共收了十几斤。快到家时，莲娣子突然脸色蜡黄，捂着肚子蹲下了身子，老郑连忙跑到船尾接过她手中的桨，把船快速地向岸边靠去。老郑拿了钱准备陪她到医院看病，老婆无力地摇摇头说："没事的，我头晕，估计休息一下就好了。"老郑就把她扶进了大船的船舱里，让她平躺在床上。老郑本来想留梦多思在船上吃晚饭的，现在老婆病了，只好跟梦多思打个招呼，给老婆倒了点水，自己上岸去把鱼送给一家小饭店，现在还赶得上晚市，过了夜，鱼就没那么新鲜了。

第二天早上起来，老郑看到老婆依然昏睡，而且面前有一摊血，老郑知道老婆的病情严重，立刻请李寡妇帮忙喊了个的士，把老婆带到人民医院检查，等抽血化验、胃镜检查完，医生叫先住院，等检查结果出来再说。老婆说："住什么院，不碍事的，先回家吧，等化验结果出来再说。"老郑知道，老婆是舍不得花住院的钱，一夜要好几十块钱呢，只好打的士回家，下车的时候慌得钱也忘了给，还是李寡妇付的车费。

几天后，老郑去医院拿到诊断单子的时候，他坐在医院一楼的长椅上一下子呆住了：胃癌晚期。

7

老婆的病情时好时坏，老郑没敢告诉老婆真相，只说是得了严重的胃病，做了手术就会好的，老郑只告诉了李寡妇。李寡妇听了直抹眼泪："唉，怎么这么命苦，穷人无病就是福哇，可是现在你们没社保，看病全要自己掏钱，老郑，你们真糊涂，当初为什么不买个农村医保呢，至少大头能报销哇。""我们也不知道，没人通知我们买，要是买了就好了！"老郑知道，这个手术做完再加上化疗什么的，要很多钱呢，他们这么多年省下来准备买养老保险的钱花光了也不够。但就是借钱也要给老婆看病，老郑已下了决心。

没有了老婆划船，老郑下丝网就不怎么好下，必须有人划着船他才能随着船的速度放下丝网。李寡妇下午来看莲娣子的时候看出了这一点，她主动对莲娣子说："大姐，你安心养病，等你好了再上船，我替你划几天船。"老郑也不客气，客气自己就不能去收网下网了，还是先解燃眉之急再说吧。李寡妇回家换了件稍旧的白花格子褂子，下身穿了条蓝色的牛仔裤，怕湖上风冷，又带了件黑色的短外套，脚上一双运动鞋，显得要去干什么活计似的。刚出发的时候是老郑划的桨，李寡妇就在旁边看，老郑做示范，讲着划桨的要领。李寡妇说："这比撑船简单多了，当年我从城里下乡插队，还撑过生产队的水泥船呢，你这个小木船，我想应该没什么问题。"果然，老郑开始收网的时候，李寡妇划的船配合得很好，不紧不慢，正好与收网的速度一致。李寡妇从没和老郑一起捕过鱼，一看到有鱼被卡在丝网里被老郑取下扔到船上的小水槽里，就高兴得惊呼："啊，一条鳊鱼！哇，又一条大鲫鱼！"当最后一网老郑连续收上来两条斤把重的大鳜鱼时，李寡妇兴奋得差点扔下手中的桨跑到前面来，如果不是很快明白自己的职责，她会高兴得抱住老郑，野生鳜鱼现在越来越少，一条一斤以上的能买到七八十元呢，老郑今天的收获不小。

想不到自己第一天上船帮忙就给老郑带来了好运，李寡妇心里如刚喝了一杯蜜水一般甜丝丝的，她忍不住对着湖面轻轻地哼起了歌："我们的生活充满阳光，充满阳光。"可是看到老郑并没有因为今天的收获大而改变他那几天来一直阴着的脸，李寡妇很快停止了快乐的哼唱，她觉得要劝劝老郑，让他想开一点，生老病死人之常情，有病了就看，没什么大不了的，自己三十几岁就死了丈夫，不是顽强地挺过来了吗？而且把儿子培养出来了，有了出息，等有空一定好好做做老郑的工作，让他也学得乐观一点，坦然面对生活。放完网，西天的晚霞洒在湖面上，波光粼粼，不远处白色的鹭鸶在水面轻翔，空中传来水鸟的尖厉而悠扬的鸣叫，如果换在老婆没生病时，老郑肯定会高歌一曲"荻港潇潇白昼寒，高歌一曲斜阳晚"。可是，老郑现在没有心情，想到老婆的病，他的心如夕阳一般很快地掉下山去。

　　无论怎么劝，老婆就是不肯去医院做手术，莲娣子说："我都这么大的人了，过几天算几天，没必要再去挨上一刀，在家吃吃药算了。"其实她不傻，自己知道不是什么小病，小病要动什么手术，吃点药或输点水不就好了，要动手术的病肯定不是一般的病，没必要浪费这个钱，又不报销，那点钱还是省下来给老头子买养老保险吧，自己走了，他一个人更需要。李寡妇又来送药了，还是用她的医保卡刷的，莲娣子很过意不去，就叫老郑把昨天捕的一条鳜鱼送给她吃，野生的，营养价值高，自己也没什么好报答人家的。老郑嘴里答应着，其实他昨天上岸的时候，就把一条鳜鱼送上去了，李寡妇不肯要，让他卖钱看病。老郑说："看病也不在乎这一条鱼，礼轻情意重，你对我们一直照顾得不少，也没什么好感谢你的。"李寡妇只好收下了，她儿子打电话说过两天要回来，正好带给孙子吃，野生的，城市里有钱也买不到。李寡妇说："老郑，你要想开点，没有爬不过的坎，没有过不去的河，不能拖垮了自己。"老郑说："我晓得，可是她就是不肯去动手术，死活不肯去，我也没办法。""是呀，她舍不得钱，怕做了手术人财两空，她在我面前说了，省下的那些钱要给你买养老保险的。"可是人走了，要钱干什么？老郑陷入了无助与茫然之中。

一天，老郑在老何家喝了点酒，终于下定决心，他骗老婆说，劳动局的人来电话说，他可以买养老保险了，国家有了新政策，只要交三万多块钱，十五年后就可以每个月领到工资。老婆一听很高兴，就告诉了自己藏存单的地方，老郑拿了存单去了银行，取出钱后又去了人民医院，找到了给老婆开药的医生，请他帮忙办理了住院手续，准备手术。当然老郑没忘了给王主任带几条野生鲫鱼，王主任不肯要，"你自己留着卖吧，又没医保，手术费、药费要花一万多呢，我会给你们开一些疗效好价格不贵的药，你放心。"回到家，老郑显得很高兴的样子："这下好了，老了有钱养老了。老婆，我还要告诉你一个好消息，现在人民医院有一个大病救助项目，就是看病不要太多的钱，是那个女大学生村官替我联系的，你明天就可以住院，一两天就可以做手术了，手术做了就好了，下次再余点钱给你买养老保险，将来你也可以拿工资了，现在国家政策真好，没工作的人也可以拿工资。"老婆想不到有这种好事，老郑又说："你知道那个女大学生吗？她爸爸是文化局的局长。""噢，怪不得整天去画画呢，龙生龙，凤生凤，老鼠的儿子会打洞，人家老子就是一个文化人。"老婆感慨道。

　　老郑的老婆住院，李寡妇主动地承担了服侍的任务，老何也每天下午帮老郑去捕鱼，他自己早已不捕鱼了，儿子好像在苏南收废品发了大财，回来开着一辆黑色的轿车，又替老何翻盖了房子，砌了个别墅，老何不用坐到船上了，老何也看得开，这么大岁数，该享享清福了。老郑后来才知道，老何帮他的忙其实是想让自己也帮他的忙，老何现在生活好了，房子也有了，钱也有得用了，他想和李寡妇一起过，老了大家有个照应。老郑心里咯噔了一下，但还是答应帮忙问问，毕竟这段时间他离不开老何的帮忙，不打鱼自己连过年的钱都没有，眼看冬天就要到了，春节转眼即来，总得为春节做点准备，让老婆过个舒服年。

在老郑给老婆看病的当儿，水乡的冬天说来就来了，老婆出院后病情并没有太大的好转，一天不如一天。腊月的一天，河里已经有了冰冻，丝网已经不能张了，老郑决定冒着寒风自己一个人去捕鱼，一来为了给老婆加点营养，还可以卖点钱买春节物资。冬天，河里的鱼一般都在草里面，或芦苇地下，有的人捕鱼用电，只要是电捕鱼器经过的地方，大鱼小鱼一网打尽。老郑是不会用的，那是渔业部门明令禁止的，老郑是用扒网扒。老郑找出好久不用的扒网，穿上一双高筒靴，找到一片水面，扒了好几处，只扒了几条不到一斤的草鱼。老郑不死心，又换了一个地方，这次有了新的收获，网里显得很沉，凭经验是一条大鱼，开始不怎么动，可能是天冷的缘故，可是快出水时却活蹦乱跳起来，从网里逃脱了，这是一条青鱼，估计有十几斤重，野生青鱼年前能卖个好价钱，不会低于两百，老郑忙丢下网扑到河里，幸亏水中的芦苇帮了忙，没逃多远，老郑硬是把鱼给抱住了，放进了小船的船舱里，上了船赶紧回家。一到家，老郑来不及换衣服，就把喜讯告诉了老婆。老婆说："你不要命了，这么冷的天还去捕鱼。"当看到他湿漉漉的衣服时，赶忙叫他脱了，先上被窝里暖和暖和再换衣服。虽然脱了衣服才感到冷，老郑的心里却温暖如春。不管怎样，明天卖了鱼，买些年货，就两个人过年，用不了多少东西，每样年货简单地买点就行了。

夜里睡觉，老郑终于做了一个好梦，除夕夜，自己在自己家的大船和小船上贴着福字，妻子在一旁晒着暖洋洋的太阳，向他微笑。

8

第二天，老郑起了个大早准备去卖鱼，卖好了正好买点年货回家，顺便去喝个茶，好长时间没去喝茶了。老郑来到小船上，发现盖在船前水槽上的盖子被打开了，他往里一看顿时傻眼了，野生大青鱼不见了，估计被人偷了。老郑嘴里开始骂骂咧咧的了："妈的，狗日的，竟敢偷老子的鱼，丧良心啦，谁偷了我们家的鱼，死了过年。"老婆听到了，又急又气，又吐血了，医生说老婆的胃癌已到晚期，估计冬天挨不过去。

又降温了，已到零下8摄氏度，老郑再也不能捕鱼了，和老婆一起蜷曲在船上。李寡妇被儿子接去南京准备过春节了。老何的儿子也回来了，一家人热热闹闹，团团圆圆，不时有笑声从老何家不远处新砌的别墅里传出。老郑起来做饭，主要是自己吃，老婆已吃不进去，他知道老婆离开自己的日子不远了，老郑就哪里也不去，在船上服侍老婆，陪老婆说说话，睡睡觉，做做稀奇古怪的梦，总是梦到当初自己和老婆相识在村前栀子花下的情景，老婆唱着歌编织着手中的渔网，朝他微笑着，微笑着……

农历腊月二十六的下午，岸上突然来了一帮人，原来是梦多思带来的，他们是县里民政局的干部，是来给老郑家送温暖的，带来了米、油、春联和一千元慰问金。一个姓常的领导说："县里面对没有养老保险的老渔民正在研究政策，估计马上就要有措施出台，春节后我们来为你们申请低保和大病救助，这样大妈的病就有希望治疗了。"

老郑想不到在这节骨眼上政府有人来慰问他们，东西虽然对别人来说不多，但对他们就是雪中送炭，让老郑和老婆的心里倍感温暖，当然，他知道肯定是女大学生村官向有关部门反映的，老郑向他们表示了感谢，梦多思说："大伯，阿姨，等明年春暖花开的时候，我再和你们一起去湖里捕鱼，听你们唱歌。"

尽管过年的一切已不用发愁，但老郑的老婆还是没能挨过年关，农历腊月二十九的晚上，老婆走了。老婆夜里说疼，老郑就把她搂在自己怀里，可是一会儿老婆就没了呼吸，老婆的脸色很安详，没有什么痛苦的表情，老郑就一直把老婆搂着，直到天亮。强忍着悲伤，老郑将老婆葬入庄东面洋港河河边的一座公墓。老郑在老婆的坟前烧了些纸钱，突然河上刮起一阵风，旁边的芦苇荡发出尖厉的呼哨，一只乌鸦发出悲哀的叫声，老郑在寒风中瑟瑟发抖。老郑知道，这是老婆舍不得他挨冻，叫他赶快回家，老郑的眼里再次滚出几滴浑浊的泪珠，他又向老婆的坟磕了几个头，上了小船，慢慢地荡着桨回到自己一个人的大船上，过一个人的春节……

水乡的春天在金黄的菜花中再次到来，老郑所在的大船停靠的地方已被全部清理，一个大的港口物流园区即将成立，再加上县里要创建全国卫生城市，一些散落在各个河边的渔民被政府统一安排到园区的一个港口。老郑不愿去，因为他会拉二胡又会唱板桥道情，我就请人把他安排在镇里的渔业博物馆，负责给游客表演一些捕鱼的节目，当然还有"老渔翁，一钓竿"的演唱。

有一天，外地来了客人，我和梦多思一起带他们去参观了镇里的渔业博物馆，看着老郑边做着撒网的动作，边放开嗓子高歌了起来："老渔翁，一钓竿……"我们听着听着，依然熟悉、亲切，但感觉好像比在幸福河边听到的少了些什么。

第十八章　白莲芬芳

1

现在大顾庄出去做月嫂的人越来越多了，白莲和红莲一样，都是我大顾中学的初中同学。

白莲本来不想出去的，可是为了女儿还是出去做了。

女儿上高中的时候，白莲租了个房子陪女儿上学，平时在一家酒店打打零工，丈夫在旁边的一个小区做保安，一家人在一起，生活基本能维持，虽然没太多的钱，但也过得挺舒服的。女儿现在上大学了，上的又是三本，学费生活费，加起来一年要三四万呢。更让白莲难过的是丈夫吴刚，本来说是跟在他表哥后面去安徽做生意的，结果被骗了，把家里这几年积累下来的六七万块钱打了水漂不算，还在外面骗其他人，连自己的亲哥哥也被骗去了，现在吴刚的人影子也难得见到，更不要说供给女儿上学的钱了。

白莲听说在大城市做月嫂赚钱，一个月七八千呢，于是过了正月就跟一个女老乡到了省城南京，在一家月嫂培训中心简单地接受培训之后，就上岗了。

白莲做的第一家是一对小夫妻，二十八九岁的样子，都是大学毕业生，在一家外资企业工作，据说每个月拿上万块钱工资呢。白莲的女儿从小就是自己带大的，再加上月嫂中心简单的培训，白莲带起孩子来并不吃力。宝宝是白白胖胖的一个小男孩，白莲仿佛和他挺有缘，他平时不怎么哭闹，只有饿了或拉了，才会哭，白莲平时要做的事就是为宝宝收拾衣物、换尿不湿，时时守在宝宝身边，坚持喂奶喂水，并检查宝宝屁股有没有受压，经常给宝宝排便擦屁股，生怕孩子有一丝的不舒服，对宝宝的照顾真是细致入微。孩子带得不错，见风长，白莲比当初对自己的女儿小敏还要尽心，白莲知道城里人是有讲究的。有一次，白莲看到小宝宝太可爱了，忍不住在他脸上亲了几下，被孩子的妈妈发现了，很不高兴，她对白莲说："白阿姨，不能亲宝宝的，这样不卫生。"白莲脸红了，心里却嘀咕道，亲一下就不讲卫生了，电视里那些经常亲嘴的人都不讲卫生了，你们不也经常亲嘴，也不卫生了，月嫂培训的时候也没讲啊，城里人讲究就是多，太娇气了，白莲老家人的观点是：不干不净吃了没病。每次喂奶前，白莲都要把奶瓶重新清洗一遍，再用开水烫一下，每天要给孩子擦拭身体，除夏天外两天洗一次澡，半个月和女主人小张一起把孩子带出去游一次泳。看着小宝宝宁宁在温水里惬意的表情，白莲的心里暖暖的。当她看到游泳后小张付了两百元后，白莲心里说，乖乖，这么贵呀，有什么游头，不就是孩子腰里套了个彩色的救生圈，在水里那么站着嘛，一个小时两百块呢，不值。看着白莲惊讶的表情，宁宁的妈妈小张笑了："白阿姨，这不贵呀，游泳加洗澡，有的地方三五百呢。"白莲说："等天气暖了，我在家弄个桶给宝宝游，一个月省好几百块呢。"小张笑了："白阿姨，都像你这样想，人家早就关门了。"

小宝宝很乖，也很可爱，这让初次做月嫂的白莲省了不少心，一个月快做下来了，白莲一切都很适应，无论是与宝宝还是与小张和小王小夫妻俩都处得很好，他们彼此都把对方当成了家里人，唯一让白莲有点吃不消的就是睡眠不是太好，夜里要陪宝宝睡，要定时喂奶，还要按时换尿不湿。有一次白莲在主人家的秤上称了一下，才发现自己瘦了七八斤，白莲想：瘦了好，省得减肥，人家花钱减肥，我是又赚钱又减肥，不是一举两得的事嘛！

有时宝宝睡着了，白莲还主动帮着洗衣服做饭。白莲以前在一家饭店里帮过忙，烧的菜很受欢迎。白莲经常做好吃的月子餐给小张吃，有腰花蛋汤啦，有肚丝茭白啦，有乌骨鸡烧野山菌，有红枣莲子羹等，几乎每天不重样，因此月子里的小张不仅没有落下一点月子病，而且身体恢复如初。

转眼一个月下来了，小张给了白莲一沓钱，好像刚从银行里取出来的，白色的封皮还在上面，"白阿姨，你数一下，一万。"白莲说："小张，不是说好八千吗？你给这么多干吗？""白阿姨，八千是你应得的工资，两千是我们给你的奖金，你带孩子又洗衣服又烧饭的，关键是还把我养得这么好，真的，很谢谢您，白阿姨。"长这么大还没有一次拿过这么高的工资，白莲的心里很激动，以前在老家，只有半年或一年才能拿到这么多钱，而自己一个月就挣了一万，白莲有点不敢相信这是自己一个月赚的。正为女儿下学期的学费犯愁呢，这下有着落了。白莲微微地红了脸，跑进了自己的房间，把钱用一个黑色方便袋包了，放进了自己黑色的放衣服的行李箱里，行李箱是女儿刚上大学时买的，女儿换了个新的粉红色的箱子，这个就淘汰给她了。当晚孩子睡着的时候，白莲抑制不住自己的兴奋，给女儿发了微信，告诉她自己第一个月拿了一万块钱工资的事，女儿却不以为然："妈，你别太辛苦了，这是他们应该给你的，你又给他们带小孩又当保姆，这点钱不多。"白莲说："死丫头，别说没良心的话，人家待我挺好的。"本来白莲还想发微信给丈夫吴刚的，可是一想到他不听自己的话，上当受骗不务正业，一天到晚就在微信上晒吃饭喝酒的照片，白莲的心就凉了，自己这么辛苦，他却在外面快活潇洒，对女儿不闻不问，想到这，一万块钱带来的喜悦渐渐消退，两行泪水无声地流在她白净而有点消瘦的脸上。

孩子稍大了一些，快两个月了，一般人家月嫂只用一个月，因为毕竟费用还是不低的，但小张和小王两口子觉得无论大人还是宝宝都暂时离不开白阿姨，于是他们又请求白莲再留一个月，等小张产假结束，把孩子送回老家，再让白阿姨走。白莲同意了，大家刚刚都熟悉了，相处得很和谐，宝宝也越来越可爱了，会笑了，好像也有点认得人了，再说到哪家做不是做，何况在这里很开心呢。

这段时间白莲经常露出发自内心的灿烂的笑容，如同4月的阳光，温暖而又舒适。白莲显得比以前更勤快了，孩子睡了，她就去洗菜，洗衣服，帮着烧菜，有时下午还拖地，倒垃圾。小张不让她做，让她休息，白莲说：

"闲着也是闲着，做做，锻炼身体，有好处，比跳广场舞实惠。"小区的楼下有个大的休闲广场，每天都有人在那跳舞，没事的时候，小张就带白莲和孩子一起下去转转。随着音乐的节奏，那些大妈迈动着脚步，扭动着腰肢，一点也不比年轻人差，特别是有一块空地上，男男女女还搂在一起在跳。白莲觉得还是城里人开放，不认识的人也能搂搂抱抱，还一会儿抱抱这个，一会儿抱抱那个，换个不停。时间长了，有些歌曲连白莲这样一个从没唱过歌的人也熟悉了，什么《月亮之上》，什么《荷塘月色》，什么《套马杆》，什么《姑娘我爱你》……不要说白莲了，连小家伙一听到音乐也动个不停。有一次在楼下，小张说："我抱孩子，白阿姨你也去跳一下。"白莲说："我才不去呢，哪里好意思，老胳膊老腿的，没人家灵活。"小张说："她们都比你大，你才四十岁刚出头，还很年轻呢。"无论小张怎么劝说，白莲就是不好意思去跳，她只看，看看这边的大妈，再看看那边互相搂着的人，白莲的心里忽然涌起了一丝酸酸的滋味。那一夜，宝宝跟妈妈睡，白莲一个人躺在床上，看着乳白色的天花板，翻来覆去，直到天快亮了，才睡着，还是隔壁传来的宝宝的哭声惊醒了她。

五一节，小王放假，正好小王的爸爸妈妈也来了，他们都五十刚出头，没到退休年龄，还在上班，小王的爸爸是一所学校的老师，妈妈在一家会计师事务所做会计。看到小孙子白白胖胖的很可爱，对白莲的工作很满意，小王的妈妈还特地给白莲买了两条裙子，一条是黑色暗花的，一条是白色碎花的，夏天到了，正好可以穿。小张请大家一起出去吃了顿饭，饭后对白莲说："白阿姨，您不是说要去看一下女儿的吗？正好这几天家里人多，小孩有人带，你去看看女儿，放松一下吧。"白莲的女儿就在附近的一个城市读书，学的是旅游管理，坐高铁不到一个小时，虽然有时也跟女儿视频聊天，但每次女儿总是急急忙忙的，好像嫌她啰唆似的，说不了几句就再见了。不过白莲是不会计较女儿的，丈夫是靠不住了，女儿将来是要依靠的。更主要的是白莲要把三万块钱带给女儿，她不会用银行卡，只能把钱交给女儿存起来才放心。小王开车送白莲去了高铁站，他进去给她买了张去苏州的票，把她送进了站。"白阿姨，你回来的时候，打电话给我，我来接你。"小王临走时对白莲说。

下午四点不到，白莲就到了苏州，发消息给女儿，女儿说有事很忙，让她直接打的士去学校。白莲舍不得，又不敢乘公交，自己的包里有三万块钱呢。包是小张淘汰下来的，一款米色挎包，包里是自己用黑色方便袋包了两层的钱。从上车到下车，白莲就一直很紧张，自己一个人从来没随身带过这么多钱，死丫头也不来接妈妈，妈妈为了你，唉，越想心里越来气，早知道不来了，等回家时把钱带回家自己存起来，来之前她也没告诉女儿，本来想给她一个惊喜，现在可好，女儿忙得没空接她，白莲想不通，五一节放假，学校能忙什么呢。一出了站口，就有几个黑车司机过来拉客，白莲连忙摆手躲开，千万不能上这些人的车，发现了自己的钱，说不定连小命也保不住。正好旁边有一个女的，也是刚下高铁，她带着大包小包的很多东西，不太好拿，白莲就主动帮她拿了一个，她问了一下女儿学校的位置，那女的说："巧了，正好顺路，你跟我走，一会儿我有车来接我。"两人谈起来竟然是老乡，一个镇上的，只是平时没见过。她在苏州菜市场卖河鲜，这次回去家里亲戚有喜事的。正说着，一辆灰尘满面的面包车来了，白莲跟在那个比自己年轻的妇女后面上了车，半个多小时，就到了女儿的学校。白莲又发了短信给女儿，女儿回信说：妈，你再等会儿，我还在外面办事。白莲只好在学校门口的一个花坛前坐下，花坛里开满了红黄紫相间的花，把整个花坛装扮得五彩缤纷，有几只蝴蝶在花丛中翻飞，白天越来越长了，红红的太阳依然挂在天边，还是不见女儿的身影。白莲甚至有点后悔了，自己干吗要来呢，女儿这么忙，还不如在小张家待着陪陪小宝宝呢，自己的心情也不至于这么坏。

　　女儿小敏把白莲接到自己的出租屋时，已是晚上七点了，小敏要带白莲出去吃饭。白莲说："算了吧，我困了，你出去给我带份盒饭或方便面吧。"小敏可能看出了母亲的不高兴，忙向母亲解释："老妈，你女儿也是忙着赚钱呢，我给人家搞家教去了，时间不到没办法回来。"这么一说，白莲的心里倒是一酸，女儿还是懂事的，自己勤工俭学，知道家里靠不住，能自立是好事。于是就从床上坐起来，叫女儿把钱存起来，母女俩出了出租屋，先进了一家自助银行，女儿把白莲带来的钱存到卡上，然后去了附近的一个小饭店。吃晚饭的时候，女儿小敏的手机一直响个不停，好像找她有什么急事似的，女儿总是简单地说一句：我妈来了，我没空，就挂了。有几个电话还是出去接的，白莲觉得丫头大了有心计了，连自己老妈都不让知道。夜里睡觉的时候，白莲发现女儿还偷偷到卫生间接了几个电话，神神秘秘的，白莲有点搞不懂了，你一个学生怎么这么忙，哪有这么多外交的。第二天一早起床，女儿就不见了，白莲从手机里看到了女儿的留言：妈，我今天有个重要活动，你自己吃早饭，我十一点回来。白莲没办法，只好自己泡了碗女儿丢在桌上的老坛酸菜面，吃完帮女儿把衣服洗了，在打扫房间的时候，竟然在墙上的衣橱里发现几件男人的内衣，白莲的心里咯噔了一下，后来又在床边的席子底下发现了几个避孕套，白莲的心被重重地撞了一下，难怪女儿要租房住，白莲本来是不同意的，一个女学生住在校外多不安全，况且租金又贵，自己这样的家庭根本承受不起，这个鬼丫头，还是不懂事啊。本来白莲准备让女儿在苏州带自己玩两天的，可是现在白莲一点玩的心情也没有了，她也没等到女儿十一点回来，自己走到学校门口，问了去高铁的公交。当女儿小敏打电话给白莲的时候，白莲说："你忙吧，我已经到南京了，那个钱是你下一年的学费和生活费，别乱花，一个女孩子要学会保护自己，不要轻易上人家的当，你照顾好自己吧。"白莲挂了电话，坐在玄武湖边的一把椅子上望着茫茫的湖面一脸的忧郁。

2

夏天真正地来了，白莲穿上了小王母亲给她买的碎花裙子，再加上前几天小张带她一起去做了个发型。本来白莲的头发就乌溜溜的，再做了个拉直，披在肩上，在她那白白的皮肤的映衬下整个人显得年轻多了，城市生活就像水管里的自来水，在漂白粉的漂白下漂去了白莲身上的土气和农村气息，她也敢穿很鲜艳的衣服了，甚至小张淘汰的一些高腰露脐的衣服她也敢尝试，她也敢穿着高跟鞋和小张一起上街了，头再也不低下去，而是落落大方地迎接各种男人的目光了，甚至也能和小区里的其他人拉几句家常了，而且用的是普通话。

当白莲又一次见到带她出来的女老乡小群时，以至于女老乡惊讶得差点认不出她来："乖乖，白莲，你这变化太大了，我估计你回去，大家都认不出你了。"白莲不好意思地笑了："哪里呀，我还是我呀，就是拾了人家不要的衣服穿穿嘛，省得买。""哎呀，你这说话的腔调也变了，不认识的人听不出你是乡下人。"白莲说："主要还要感谢你，小群，不是你带我出来，我怎么知道外面的世界这么精彩。"小群说："我也带了几个人出来，可她们就是脱不了土气，主要还是你坯子好，皮肤白，人水灵，你看你胸还这么挺，不要说男人，就是女人都想摸两下。"小群边说边做了个摸的假动作，吓得白莲连忙去捂自己的胸部。白莲说："小群，别开玩笑了，你那家怎么样？对你好吗？"小群说："两个小夫妻还不错，挺尊重我的，就是孩子的爷爷不行，是个老色鬼，我还有几天就换人家了，不能再在那家干了，老家伙经常揩我的油。"白莲说："我估计不久也要换下家了，孩子妈上班后，孩子就带到老家去了。"看得出来，小群基本没怎么改变，还是像从前那么风风火火的，她能力强，好多月嫂都是她带出来的。

一天下午，阳光不是很强烈，外面风也不大，白莲带着小宝宝宁宁到楼下转转，正好遇到另外几个月嫂也带着孩子出来散心。大家就聚在一片树荫下聊天，交流着各自宝宝的优劣，乖和不乖，当然还有主人家的逸事趣闻。大家像开会一样，正聊得高兴，忽然听见有人在喊："白莲！白莲！"白莲吓了一跳，这里从来没人喊自己的名字。白莲循着声音的方向看去，一个穿着花衬衫的男人在向他招手。原来是丈夫吴刚。白莲忙和其他几位月嫂打了个招呼，抱着孩子急匆匆地走到他面前。"你怎么来了？"白莲对丈夫的到来感到有点突然。"怎么，进了大城市，连老公都不欢迎了？"吴刚开玩笑道。"你别贫嘴，你不是在做大生意吗？哪有空来看我的。"白莲语气里有点讥讽的味道。"我就在马鞍山，离南京这儿很近哪，地址不是你告诉我的吗？好久不见老婆，我想老婆了。"吴刚说着就要用手去摸白莲越来越白嫩的脸。白莲把他的手打开："别动手动脚的，上去吧。"吴刚就跟在白莲后面上了电梯，电梯里没人，吴刚又用手去摸白莲高高隆起的胸部，白莲说："你讲点文明，这里有监控的，被人家看到了，以为你耍流氓呢。""我和我老婆耍流氓怎么了，这么长时间不见，你就一点不想我。"吴刚又用手去摸白莲微微翘起的臀部："老婆，你越来越性感了，还是大城市的水土养人哪。"

到了家里，小张和小王都上班去了，家里没其他人。白莲让吴刚把鞋子在门外的垫子上蹭了蹭再进来。吴刚嘟囔着："这么爱干净，我又不是从垃圾堆里来的。"吴刚一屁股坐在沙发上，"这家条件还不错，房子蛮大的，装修得也精致，看来很有钱哪。"白莲倒了杯白茶给丈夫，吴刚像个品茶专家一样端起用鼻子闻了一下："好茶。"吴刚掏出自己身上的一支"红南京"准备点火，白莲一把抢下来，扔在垃圾桶里："家里不能抽，有孩子。"吴刚说："城里人真娇气。"说着从垃圾桶里把香烟捡起来又装进盒子，"别浪费了，一支五毛钱呢。"可能小宝宝在下面玩累了，小嘴直张，白莲就泡了点奶粉给孩子吃，吸着吸着，小宝宝竟然睡着了，白莲轻轻把他放到小床里。看到孩子睡熟了，吴刚迫不及待地走到白莲身后，一把搂着她，又亲又揉的。白莲说："你放手，主人马上要下班了，看到了多不好。""哪有这么快，让我亲热一下，就几分钟。"吴刚要把白莲往卧室的床上拖："想死我了，老婆，你越来越水灵了。"白莲说："不行，他们马上就要回来了，你就摸一下吧。"白莲做了让步。吴刚没办法，拗不过白莲，只好狠狠地摸了几下，吴刚还要继续的时候，白莲说："晚上吧，晚上我们在一起。"吴刚才肯罢手。白莲到洗手间去了一下，重新整理了一下自己的衣服和头发，出来对丈夫说："你还是先下楼，到附近的街上转转，人家小两口一到家看到你在这里，不太好，毕竟没得到人家允许，等他们回来我打电话给你，他们让你来我就通知你。"吴刚说："我又不是做贼的，干吗搞得这么神秘兮兮的。""我是给人家打工的，要尊重人家城里人的习惯。"白莲解释说。吴刚只好闷闷不乐地离开了，一个人到小区门口的街上转悠，耐心等待着白莲的电话。

小张和小王夫妻俩回来的时候，带回了一些为明天晚上准备的菜，今天的晚饭白莲已经烧好，白莲存心比平时多煮了一点饭，也比平时多弄了两个菜。小张说："哇，白阿姨，今天这么丰盛啊！"白莲不好意思地笑了笑。小张似乎从她不太正常的笑里发现了什么："白阿姨，你有什么事吗？"白莲吞吞吐吐地说："我老公来了，我要请假出去一会儿。"小张说："来了正好，让他过来吃饭哪。"白莲说："我还是出去吧，让他来打扰你们不好。""您真是的，白阿姨，我们早已把您当家里人啦，你还跟我们客气，快打电话让叔叔来吧！"小王也说："快让叔叔来吧，我好几天没喝酒了，正好陪他弄点酒。"白莲立即拿起手机打了丈夫的电话："吴刚，小张和小王让你来家里，我去接你。"说完，白莲就准备下楼去接丈夫，小王又塞给白莲一张百元钞票："白阿姨，您再带点卤菜回来吧。"

家里难得这么热闹，小王拿出了一瓶白酒招待吴刚，吴刚知道这一瓶酒要八九百呢。吴刚从来没有喝过这么好的酒，小王只喝了半高脚杯，其余的都是吴刚喝了，白莲在桌上朝吴刚不停地使眼色，但吴刚假装没看到，喝得很尽兴。晚上，小张对白莲说："白阿姨，宁宁今天跟我们睡，叔叔就睡在你房间，我们就不去开宾馆了。"吴刚忙说："谢谢！谢谢！打扰你们了。"小王说："都是家里人，叔叔，您就不用客气了。"白莲虽然舍不得花旅馆费，本来还是想让吴刚出去住的，但既然小张主动开口了，自己也就不再说什么。两人在客厅里看了会儿电视，和小王聊了几句家常，就回到白莲的房间睡觉。夜里吴刚的手机响了一下，白莲拿起来一看，是一条微信：老公，你现在在哪里呢？我想要你了。白莲以为是谁开的玩笑，再仔细一看，那上面还有个女的照片，估计三十岁左右，肯定比自己年轻，看上去挺时髦的，短发，短衣。白莲想叫醒吴刚和他吵一架，但是怕引起小张他们的注意，只好忍着明天再说，自己气得一夜没睡着。好在是周末，小张他们自己哄孩子。

　　早上起床吴刚趁白莲洗衣服的时候在白莲的行李箱里翻到了一沓钱，一万块，一万块到手之后他也不翻了，本来他想赖在这里玩几天的，现在有了钱，他可以走了，待在陌生人家还是有点不自在的，老婆也看了，很好，该做的事也做了。听说吴刚急急忙忙要走，白莲连一句虚情假意的象征性的挽留的话都没有，送吴刚下去的时候。白莲还是忍不住问起了昨天夜里的短信："你是不是在外面有女人了？你本事不小哇，把家里的钱败了，还有本事找女人，你真是太有出息了。"吴刚说："没有的事，朋友开开玩笑的，你别当真，我们不是好夫妻嘛，你看你养得这么水嫩，我怎么会去碰别的女人呢。"吴刚用手在白莲的脸上摸了一下，本来想告诉她钱的事情，可是怕她骂，也就没说，带着小王给的一盒茶叶和一条软中华，吴刚心满意足地走了。他对白莲挥挥手："回去吧，老婆，有空我会再来看你的。"虽然白莲心里有点恨老公，但看着老公真的要走了，还是有点难过与不舍，白莲的眼眶湿润了。回到家里，看到手机上吴刚发来的拿了一万块钱的短信，她的难过很快被愤怒代替了：畜生，你真是畜生，你个猪狗不如的东西，竟然偷我的血汗钱！白莲给吴刚发去了这样一条短信。白莲真的很伤心，一个女儿，一个老公，都不是省油的灯，他们都让她不得安宁，更不要说给她带来什么安心和幸福了。

宝宝要被带到老家去了，意味着白莲要离开，开始下一家月嫂的工作。临走那天，小张一家和白莲合了个影，还特地给宝宝与白莲拍了一张。白莲走的时候，小家伙竟然哭得很厉害，惹得白莲鼻子一酸，泪水奔流而出，她也顾不得什么卫生不卫生了，在宝宝的脸上轻轻地亲了一口，拖着黑色的行李箱缓缓地向早已联系好的下一家走去。

3

白莲又到了另外一家做月嫂，这家住的是别墅，家里有保姆，白莲的工作专职带孩子，一个月八千。不过这是个大家庭，孩子的爷爷奶奶也住在一起，宝宝的妈妈是个教师，人挺和善的，爸爸是个律师，一天到晚难得见到。白莲到他们家感到没有在小张家自在，两个老人好像是当干部的，挺严肃也挺讲究的。不过白莲很快以她的细心、耐心和爱心得到了大家的信任与赏识，半个月下来，连一向板着脸的老爷子也对白莲露出了难得的笑容。有了在小张家第一次做月嫂的经验，白莲轻松多了，除了处理孩子的吃喝拉撒睡之外，白莲还注重与孩子的情感交流，虽然刚出生的孩子还不懂什么，但白莲不这么看，她觉得孩子是有灵性的，特别是从小张家的宝宝宁宁身上白莲就明显地感到了这一点。还记得有一天深夜，宁宁醒后一直醒着不肯睡觉，白莲被他弄得又困又累，有点着急了，就摘下了他的小手套，轻轻地在手心拍打了两下，他就像受了委屈似的哭得很凶，白莲赶紧说好话向他道歉，他马上就不哭了，还噘起小嘴朝白莲发出"嗯嗯"的声音，好像是明白了自己错了，又好像是在讨好白莲似的，他的样子真的太可爱了！以至于那天白莲整晚都兴奋得没睡着。一想到宁宁，白莲的心里就忧郁起来，她甚至担心回老家的宁宁是不是能适应新的生活。

　　与在小张家不同的是白莲多了个伴，保姆姓洪，家里人都叫她洪阿姨，和白莲差不多大，也是四十刚出头，看上去比白莲粗壮一些，也没有白莲漂亮，家务活干得好，菜也烧得好，关键的是人也好，和白莲谈得来，两人有共同语言，白莲喊她洪姐。主人们不在家的时候，就是她们两个人的天下，两个人好得像姐妹，无话不谈，谈主人家的爱好，家里的微妙关系，谈自己的家庭，自己的孩子，洪阿姨的儿子也在上大学，也是三本，不过在外省上，在武汉，离南京也很近。可是一谈到自己的男人的时候，两个人都不愿继续说下去。白莲后来才从女主人宝宝的妈妈那听说，洪姐刚刚离婚，还是宝宝的爸爸作为律师帮她办的。

有一次，白莲忍不住把自己老公吴刚的行为告诉洪姐，洪姐大腿一拍说："和他离了，这样没出息的男人，还在外面找野女人，干脆和她分手。"后来洪姐也向白莲道出了自己的苦衷：我的老公是个"酒鬼"，喝完酒就打我，平时遇到不开心的事也打我，特别是我下岗之后，三天两头就打我，直到儿子上高中了也是这样。我为了儿子选择了忍耐，后来他打我成了家常便饭，我儿子实在看不下去了，和他打了一架，结果他竟然把我儿子牙齿打掉了一颗，我实在忍受不下去了，向他提出离婚，可是家里人和村干部调解让我们俩好好过日子，还让他写了保证书，结果没几天，喝了酒又打我，我好不容易忍到儿子高考结束，儿子出来上大学了，我也就出来打工做保姆了。这不，上个月，我坚决与他离了。白莲听了洪姐的诉说，觉得自己的老公还好了，基本没打过自己，现在可能有了外遇，也难怪，男人身边没个女人看着，不出事才怪呢，这么一比，这么一想，白莲就在心里原谅了自己的老公，甚至想好，等赚够了女儿上学的费用，就和老公一起回家，或者在一个地方打工，无论如何要在一起，家庭不能散了。

宝宝满月了，主人在小区附近一家豪华的酒店摆了酒席，白莲从来没进过这么豪华的场所，光服务员身边就站了两个。服务员打扮得很漂亮，和女儿差不多大，十八九岁的样子，为他们分菜，撤盘子，女主人想自己抱着孩子让白莲吃饭，可是小宝宝一会儿就不耐烦了，什么人也不要，只要白莲，白莲就把他抱过来，坐在腿上，一只手吃菜，洪姐在她旁边，往她的碗里夹菜，有些菜白莲看也没看过，最后结束时，好多菜都没吃，主人也没打包，白莲和洪姐两人心疼了好几天。

女主人和白莲说："白阿姨，你在我们家再干一个月吧，等宝宝大一些，我能带他睡了你再走。"白莲于是又留了下来，说是月嫂，其实一般人家用工都不止一个月，基本都是两三个月，等孩子训练好了走上了正轨，他们的妈妈就好带了。洪姐也不希望白莲走，她们两个暗地里已结为亲家，正好一家男孩一家女孩，她们就背地里亲家亲家地彼此称呼上了。一天，白莲给洪姐看丈夫发来的微信，让白莲打一万块钱给他，说是资金周转不灵。洪姐说："他还真把你当着摇钱树了，一个大男人跟自己的老婆要钱，怎么开得了口的。"白莲就回丈夫微信：钱是预备给女儿小敏上学的，不能给你。丈夫回信说：那我去找你拿。白莲害怕丈夫找上门，只好回信说：你把卡号给我，我请主人家下个月把钱打到卡上给你。丈夫发了个飞吻的表情，回了句，还是老婆好。洪姐一脸的不屑："哧，亲家，你还是太软弱了。你也和我一样，我让宝宝的爸爸帮你离了，他可是大律师。"白莲说："算了吧，女儿都这么大了，忍忍吧，等他岁数大了就会好些了。"洪姐不平地说："亲家，你这真是浪费青春哪！"青春，自己还有青春吗？都四十多岁的人了，混混日子算了，等女儿毕业工作了，找个好人家，自己就放心了，女人的嫁人是第二次投胎，确实很重要，我们就是第二次投胎没投好哇，听着洪姐的劝告，白莲思绪万千。

可能是空调吹得太多的缘故，宝宝出去一下有点感冒了，直流鼻涕，湿巾擦多了，小宝宝的嘴上面都红肿了起来，几天不消失，估计是过敏了。白莲带孩子不大主张用湿巾，她基本都喜欢用全棉的小手帕，可是女主人说湿巾好，卫生又消毒，白莲就没办法了，只好照用。宝宝的妈妈小钱带宝宝到附近的医院去看了一下，主要是感冒了，加上皮肤过敏，没什么大碍，医生检查后给了一些药，小钱老师便带着孩子回家了。回家之后，小钱老师也没看药物的使用说明，只记得医生的医嘱，正要喂药时，只有初中毕业的白莲认真地看了一下说明书说:"这不对呀,这不是孩子使用的药,是大人吃的药哇。"小钱老师吃了一惊,接过说明书一看,确实是成人吃的,于是又去医院仔细问问。医生看了之后连忙赔礼道歉,说:"是我的疏忽大意造成这样的失误,实在对不起。"小钱老师说:"幸亏白阿姨细心,要不然真是不敢想象会发生什么样的后果。"白莲的细心让宝宝的全家人满心温暖和佩服,甘之如饴。

暑假期间,女儿也没回家,在苏州打工,细心的白莲从女儿的微信里发现了一些蛛丝马迹,估计女儿有男朋友了。丈夫吴刚要了一万块钱之后至今杳无音信,连电话也没打一个,白莲从自己哥哥微信的闪烁其词中知道吴刚真的有相好的,于是,和丈夫离了婚。白莲还在做着月嫂,她已经到了第三家。其实从离开小张家开始,白莲就有了自己小小的梦想,或者说是目标,她的目标就是带满一百个健康、漂亮的宝宝。白莲目前在一个作家的家里做月嫂,是小钱老师介绍的,也许是受作家的影响,初中毕业的白莲也开始在自己的微信上写一些东西。白莲写道:月嫂的工作虽然真的很辛苦,但是也让我收获了很多快乐!我越来越热爱这份工作,我的目标是我现在带过的每个宝宝,都会留下与他们的合影,直到带满一百个宝宝,我会把所有的照片合在一起，挂在我家里最显眼的地方，这是我这辈子最值得骄傲的成果！比一枚金牌还要珍贵，等到我退休以后，我还可以看到每个宝宝，回忆起和宝宝们在一起的快乐时光，这将是一件最幸福的事。你只要打开月嫂白莲的微信空间，你一定会看到这样一句诗意的签名：我就是那月下绽苞，露里溢香的白莲！

秋风送爽的时候，白莲给自己的父母带去了一万块钱，作为送给他们的即将到来的中秋节的节礼。白莲给自己买了几套秋装，还有一些化妆品，她换了一个崭新的手机，这些花去了她不少钱，可是她不再像以前那么心疼，女儿自有女儿的生活，她觉得自己也应该享受一份属于自己的生活。白莲加了一个月嫂群，有空就在里面聊天，抢红包。更令人刮目相看的是，白莲竟然迷上了交际舞，在楼下的广场上，一个个子高高的退休的大学教授成了白莲固定的搭档，他们的手臂挽搂着，随着音乐的节奏，像翩翩飞舞的两只蝴蝶！

白莲和大学教授究竟有没有在一起，我不得而知，但听庄上最近见过她的人说：现在的白莲哪，那可真是一朵绽放的白莲，不过已经盛开在大都市里了！

第十九章　风一样飘过

1

在大顾庄的老宅子里，我经常做一些稀奇古怪的梦。

很久以来，我的梦中经常出现多年以前的那个场景："嗖嗖嗖"，几十支利箭射向江中，风更大了，赭红色的大砂缸在水中打着旋。顾六三急得在缸中直冒冷汗，两个儿女瑟瑟发抖。顾六三的夫人紧紧搂着一双儿女，泪如雨下：这次肯定是难逃元兵的追杀了。谁知几十支利箭射在大缸身上，大缸借助箭力，向江中漂去，渐去渐远，元兵的箭力已经无法抵达了，箭镞落在水中如一声声无奈的叹息。逃跑的时候虽然仓促，但幸好带了干粮，一家人饿了就吃块糕点，只是没有水喝，嘴唇有点干裂，但与肚子的饿相比，这根本不算什么。大缸在江水中漂来漂去，也不知漂了多长时间，迷迷糊糊中，突然感到大缸似乎不动了。顾六三从缸里摇摇晃晃地慢慢站起来，定了定神，伸展了一下有点僵硬的胳膊，看到大缸已靠在岸边，岸上鲜花盛开，姹紫嫣红。一家人从缸里慢慢爬出，上了岸，把干粮还有金银包裹挎在身上，看到没有人烟，心里稍许欣慰，又有些茫然，毕竟不知道到了哪里，是否安全。不远处，一个低矮的草棚，孤零零地立在红花与绿草之间。顾六三兴奋不已，战乱期间，能逃亡成功，保住性命已属不易，一家人迅速躲进了草棚。

第二天一早醒来，顾六三走出草棚，外面阳光明媚，花香扑鼻，蝶舞蜂飞！他紧张的心情一下子轻松愉快起来。突然看见一只船驶近，顾六三立即趴下，躲到一棵树后，原来是个打鱼的老人。顾六三走上前去，请教了一下身在何处。老渔民捋着胡须，哈哈一笑："这你都不知道，这是著名的瓜洲哇！"顾六三拜谢道："能否请您岸上一聚。"渔夫轻轻一跃，上了岸。顾六三拿出一锭银子："请笑纳！"渔夫不要，推辞道："无功不受禄，你有何事请讲。"顾六三说："没有其他事，就想在附近找一房子暂住。""你是外地人？"渔夫似乎有点明知故问。"是的，我们一家从苏州盘门来到贵地，躲避兵祸的。""噢，原来如此，这好办，现在兵荒马乱的，空房子多，你上我的船，我带你去找房子。"

在瓜洲附近，顾六三租了一间不大的房子，一家人总算安定下来。可是好景不长，听说元兵在扬州城里烧杀抢掠，顾六三又惶惶不安起来，坐在摇摇晃晃的木桌前，尽管杯中的茉莉花茶散发出丝丝清香，但他的目光里满是愤怒和悲伤，愤怒的是南宋小朝廷的土崩瓦解，悲伤的是作为一名省元无力为国效劳，颠沛流离四处逃亡。

一个月后，在楚水城西的一块土地上，一间旧房子里，终于冒出了缕缕炊烟！"自古昭阳好避兵"，顾六三最终选中了鱼米之乡兴化作为他一家的栖息之所。六年之后，元朝统一天下，顾六三举家迁徙到了一个叫湖垛村的地方，这里人烟稀少，水面浩荡，有南荡、北荡，更有一条大河，不知出于什么目的，顾六三把它命名为"武陵溪"。

多年之后，每当清明春暖花开的季节，我去缸顾顾氏宗祠祭祖，跪在那只巨型大砂缸前敬香叩拜的时候，仿佛看见我们先祖顾六三慌乱逃生的惊险一幕。我才知道我们顾氏家族辉煌与不易的过去。

那只对兴化顾氏先祖有救命之恩的大缸，据说顾六三在湖垛村安居之时，请人花大价钱把它从瓜洲运来，成为顾家祭祀时的圣物。那时还没有祠堂，后人为光耀先祖之德、拜祭列祖列宗，由十一世顾仕（梓河）倡议修建祠堂，梓河公认为：虽有千枝万花，实同一本，千流万派，实同一源。树高千尺，叶落归根，江河万折，终归大海，人生百岁，同归主丘。直到几十年后明天启年间才由十三世孙顾三生、顾山计多方集资修建而成。原为两进，即现在的中厅和后五间飨堂，初次定名为"顾氏先祠"。

祠堂中厅二楷上方悬有"忠孝堂"三个蓝底金字的厚重木匾，左下方为大明左相国徐达手书。每次外地文人墨客来兴化，我必带他们到四牌楼，因为四牌楼有记载我们祖上荣耀的几块匾——"忠孝同胞""冠楚廉能""学冠东南""诗画名家"，我不是阿Q，但是我确实为祖上自豪，引以为傲。

洪武皇帝所赐的丹书铁券至今保存在楚水县城的博物馆里，每次族人要看，我就打电话给馆长，特许开放，一睹风采。

值得一提的是抗日战争期间，国民政府江苏省主席韩德勤将省政府设在水网密布的兴化城，当时周边县城已被日寇占领，形势十分险恶，1940年，韩德勤选中了我祖上的东边吴公湖（皇帝所赐的顾家祖产）、西边芦苇荡的缸顾，征用了顾氏宗祠作为兵工厂，在祠堂中制造枪炮子弹，修理战争中损坏的枪械。1941 年 2 月 3 日，日寇重兵进攻兴化，韩德勤率部进行了顽强抵抗，终因敌众我寡，武器装备落后，导致兴化沦陷。韩德勤率部沿水路撤退到缸顾，日寇派汽艇追击，遭到国民党军阻击，日寇在水上吃过苦头，不敢进入芦苇荡，韩德勤带领部下在缸顾稍事休整，缸顾老百姓送吃送喝，热情备至，后韩德勤部撤退到淮水东部地区。兵工厂仍然留在地处偏僻的缸顾祠堂之中，直到 1943 年才奉命向北撤退，因兵工厂内有许多中共地下党员，在撤到盐城、宝应后被新四军所接收，继续为敌后抗战的新四军服务。

我的祖上后来分出一支，正如族谱记载："……夫顾氏由逐鹿而安邑而会稽而吴中，绵绵延延以至于今，岂独一湖墒村哉，他如分居城郭东乡有大顾小顾……"

宽阔的车路河边上，就是我的出生地——大顾庄。

2

到我考上高中的时候，大顾中学就已经没有高中了，我们坐着轮船到离家几十公里外的"大垛中学"——我们区里唯一的一所完中上学。

我们每个周日的下午从家里出发，向北走到车路河的边上，那里有一个轮船码头，我们庄上就三个人，朱永安、沈爱萍和我，我们基本上都是放假一起回，上课一起走。很巧的是我们三个人还在一个班上，我的英语是最差的，上课每次默写，十个单词我只能默写五六个，每次不及格的人当中都有我，不是我记忆力不好，我背书很快的，老师当天教的语文课文我就能背上，但就是背英语单词不行，主要是我初三的时候，爱上了古诗词，英语不怎么学，本来是想考中专的，中专不需要英语。我们的英语老师刚大学毕业，她穿着一件洗得泛白的牛仔裤，一头的披肩长发，踏着高跟鞋的节奏来给我们上课。我既喜欢她的课又怕她的课，就像一首歌唱的那样：让我欢喜让我忧！上课时更是怕陈老师喊我回答问题，当她提出一个问题目光扫向我们的时候，我总是躲避她的目光，不好意思地低下头。后来为了应付考试，我想了个土办法，把英语考试错的题目全部抄下来，订正后能理解的就画掉，实在不能理解的就死记硬背，我最怕的就是完形填空，好在大部分是选择题，有时不懂还能猜猜，这样高二的时候，我的英语成绩有了大幅度的提升，在陈老师面前，我也能骄傲地抬起头来，敢于迎接她温柔而严厉的目光了。

高中时我是语文课代表，我中考的语文成绩是全区第一名，开学时名正言顺地成了语文课代表。我狂热地爱上了写作，我把家里给的生活费挤出一部分，买了许多杂志书籍，晚上回到宿舍熄灯了，学校不许点蜡烛，我就用手电筒躲在被窝里看那些"闲书"，我读李存葆的《高山下的花环》，读席慕蓉的《七里香》，读张贤亮的《男人的一半是女人》，读琼瑶的《几度夕阳红》《庭院深深》《月朦胧鸟朦胧》《在水一方》《聚散两依依》……我的第一篇作文《宿舍交响曲》发表在《中学生报》，被收入未来出版社出版的《中学生优秀作文是如何写出来的》一书中，编辑还让我专门写了创作谈，我写的是《美源于生活》，报纸和书的稿费加起来一共八十元，当我从邮局取出稿费的时候，正好是个不上晚自习的晚上，我请兆亮等几个玩得好的同学下了馆子，吃掉十六元，放假时带了五十元回家交给母亲，余下的定了《中学生文学》和《语文报》。后来我又获得了"华东六省一市作文大赛"和"泰山杯全国中学生作文大赛"的奖项，我有点飘飘然了，觉得整个学校的女生似乎走路都在看着我，我每天收到全国各地读者的来信有好几封，都是中学生。同宿舍的同学说，夜里听到了我梦中的笑声。我为我的文学梦痴迷不已。

高二的时候，我大姐为了我更好地学习，托朋友帮我在学校附近找到了一间空闲的草房子，已经好久没有人住，里面可以放一张床还有一张学习的书桌，后来我让我的好朋友一对双胞胎也住到里面，"大双"字写得好，经常帮我在方格稿上抄稿子，"小双"人很勤快，经常帮我洗饭盆、洗鞋子。我开始利用业余时间写我的中篇小说《中学生交响曲》，稿子写完投给《中学生文学》，两个多月就收到了留用通知，我兴奋不已，认为自己不久就能和戴中明一样成为一个真正的少年作家。

一天上午，我正在上课，大姐从老家打来电话托她的朋友来找我，那个三十多岁的女人平静地对我说："你妈妈走了，你姐让你赶快回家。"沉浸在文学创作喜悦中的我一下子蒙了，我含着眼泪到班主任办公室请了假，立即奔出校园，直抵轮船码头，等待回去的船只。

母亲生病已经好多年了，时好时坏，但我平时从未在母亲脸上看到一丝生病的痛苦。我知道母亲的病其实和我有关，本来我以全乡第一的成绩考上了中专，但有人举报说我中途停过学，属于重读生，不能报中专，所以转户口包分配吃国家粮的梦一下子破灭了，对母亲打击很大，她的胃病愈加严重转变成了癌症，家里无钱治病，母亲只能忍着，她有时偷偷流泪，她似乎知道，她不能把我抚养成人了，她看不到我的未来了。

回到家，看到躺在地上的母亲，除了号啕大哭，喊着妈妈妈妈之外，我不知道怎么办。这是我生命中第一次失去亲人，我的爷爷奶奶外公外婆在我还未出生的时候已经离开这个世界了。哥哥作为家里的长子，他协助父亲办理母亲的丧事，大姐的家境最好，她出了主要的钱。听父亲说，母亲临去世时关照他，平儿第一年考不上大学一定要给他复读，房子可以不修，一定给他复读；母亲还关照父亲，她去世后，不能让我送葬。她说，平儿胆子小，如果去火葬场看到自己的妈妈被推到火炉里，他会被吓坏的。母亲还特地关照姐姐，不要让我穿戴孝的白布鞋子，给我买一双白球鞋，穿白布鞋人家同学会知道我没了妈妈，可能会欺负我；母亲还让两个姐姐不要按照风俗给她做"五七"，不要请和尚什么的，不要吹吹打打，把钱省下来照顾弟弟，培养弟弟！父亲和姐姐们一一答应。母亲去世前头脑很清醒，她最放心不下的就是我，她还建议把自己的骨灰撒入河中，她说，国家领导人都把骨灰撒入长江大海，我们更不用说了。哥哥考虑到我们乡间的风俗，也便于将来的祭奠，还是把母亲的骨灰埋在了离他家责任田不远的公墓里。

回到学校，我一下子变得沉默寡言，除了我的班主任以及本庄的永安和爱萍知道我母亲去世外，其他人都不知道，我也不希望他们知道。我的小说再也写不下去了，我有时一个人沉浸在自己的悲伤里，母亲走了，而且永不再见到，那些虽然不富裕但很温馨的日子渐渐离我远去了。有时夜里睡不着，想念母亲了，我就开始写诗。

怀念母亲

三月雨后的某个清晨

你像一盏灯

渐渐熄灭在乡村黎明的光谱里

远在异地读着《母爱》的我

未能守住你生命中最后一束时光

未能静听你

留给世界

留给我

最后的赠言

母亲

我滴滴洒落的泪水

融化了你发际的积雪

在那闪烁的农具

和黄昏的炊烟里忙碌的母亲

你给了我们比春天更多的温暖与爱

每年燕子飞回的时候

我也来到你安详的身边

母亲

过去的那些好时光呢

是否还在风中伫立

　　我不知道一个十六岁的孩子该怎样去想念他的母亲，而我只能通过这样简单直白的方式，在异乡的天空下，抒发对母亲最深的怀念。

3

　　母亲就像一个预言家，果然，第一年的高考我以一分之差没有考上。有钱的人家找关系，差个几分的交了钱去上了委托培养或定向培养，我六十多岁的老父亲实在无能为力，他最大的能力已经很不简单了——就是坚决让我复读。

　　我反思了自己与大学录取通知书失之交臂的原因——那就是我对文学的痴迷与狂热，我太理想化了，我在路遥的《人生》中醒悟过来，要让自己在这个社会先有个立足之地，而考上大学是我们这些农村孩子的最好选择与途径，尽管社会上的宣传口号是"榜上无名脚下有路""条条大路通罗马"，但对我来说就是"自古华山一条路"——高考！

我到了县城的鲁迅中学——全县文科优势最强的学校，做最后的拼搏，一百多个人挤在一个班上，顾不上天气的炎热与寒冷，大家只有一个梦想，争取考上，改变自己的命运。没有任何的鼓励，不需要任何人的说教，每个人都在努力着，晚自习埋头做题，只听见笔写在纸上发出的沙沙声；教室里、花圃旁、操场上树林里的读书声。节假日不回去，在麦田里，在附近的公园里，到处是捧着书本的学生，夕阳的余晖拉下我们长长的青春背影。

一次放大假，我回到庄上，父亲不在家，大门锁着，我知道父亲一定在田里劳作，父亲一个人种着七八亩田，我上学的费用主要靠父亲卖粮食和卖猪，还有我两个姐姐的接济。一个人种七八亩田是忙不过来的，父亲用的是与人家"换工"的方式，先帮人家做，到时人家再帮父亲做。我想下田去找父亲，顺便帮父亲干些农活，可是我竟然不知道我家的田在哪里，父亲从来没有让我下过地。父亲说："你是读书人的命，不能去干农活。"

因为第一次高考落榜，我觉得自己给家里人丢了脸，我不愿意面对那些异样的目光。这样想着，我就坐在厨房里面烧火的地方枕着一堆稻草睡着了。傍晚父亲回来，看到我吓了一跳，他粗糙的大手抚摸着我，有一股滚烫的东西流在我的脸上……

我终于在一年的复习后幸运地考上了省城的一所高校。父亲的脸上终于露出了笑容，他开着一只挂桨船，把家里早已储备好的粮食送到镇里的粮站，去为我转户口。我只知道自己的兴奋与踌躇满志，我认为发挥我潜能的机会到了。大二时我就成了学校学生会主席，我的身边有了光彩照人的女友。我开始在各大高校之间畅游。我为"天生我材必有用"的经典名言而自豪。我大把地挥霍着父亲一次次汇给我的钱，像一个富家子弟一样。可是我没有想到父亲为了我开学的五百元钱，整整给人家看了一年的船厂，一个人孤独地在荒野上度过了春夏秋冬。

结婚后，我的爱人为了我放弃了国家干部编制，离开了她的家乡，随我来到了楚水县，在一家企业工作。我回到了大顾庄做了一名乡村教师，每天下班后风雨无阻，我都骑着自行车向我爱人所在的那家工厂的宿舍——我们的新家奔去。我们的物质是匮乏的，我们的条件是简陋的，我们住在厂里分的一间宿舍里，后来终于有了一间自己的厨房，我们已经很满足了，我们还烧着煤油炉子，记得一次爱人老家的一个亲戚来看她，我爱人用煤油炉烧的菜，后来煤油不够了，又加了几片木材才将菜烧熟。可能年轻，我们不觉得苦，我们的日子过得有滋有味，根本不知道什么叫压力，什么叫忧虑，我们仿佛回到了童年的无忧无虑的时光，我们生活在水乡，生活在大河之上美丽的地方。

4

父亲去世时就像我小时候见到的那样——喝醉酒的样子，所不同的是那次父亲第二天醒来了，继续喊人上工去了，而这次，父亲却再也没有醒来，他永远地醉了，也许是醉了懒得醒来了，正如古人所说：但愿长醉不复醒！

我的儿子出生了，可爱的孙子给父亲带来了莫大的喜悦，这时候的父亲已经七十好几了。父亲的喜悦洋溢在脸上，他为他的孙儿乐得合不拢嘴，我这时才发现父亲的"大嘴"外号真是名副其实。

父亲八十岁了，还很有力气，姐姐带给我的一袋五六十斤的大米，他嫌我没力气，不要我抬，一个人扛上了我家的三楼。父亲大块吃肉大碗喝酒，就像当年的梁山好汉一样。父亲到我家的时候，我怕他喝多了，就让他一瓶酒分三次喝，他明显地不高兴：一瓶两顿正好，不多不少！我也不再说什么，说多了，他会生气。

父亲每次在我这小住几天就回老家大顾庄一趟。每次来我们这儿总要带包蔬菜什么的。有一年，春节过后，父亲来了，我儿子已五岁了。他左摸右摸，从袋子里掏出了一个红包给我儿子。我儿子一看爷爷包的红包，模仿着又拿了一个红包把爷爷给的压岁钱再加上他自己的压岁钱一起包给了我父亲，父亲乐得眼细嘴大了，直夸孙子孝顺懂事！父亲每次来了，总要从袋子里摸出一些东西。有时是人家给的一块糖，他舍不得吃，带给他的孙子。有时是几粒瓜子，也掏出来给我儿子。好在我儿子也很懂事，每次都要给爷爷倒上酒。父亲一辈子好酒，最后的归宿也是在酒中进行的。

夏日的一个上午，父亲从我家里走了，他回到了大顾庄。中午到家，他把我妻子给他带回的菜拿出来，一个人在家里喝了半斤酒，喝完酒就到我三叔家去玩，三叔看到老大来了，家里有菜，就让父亲再弄点酒，父亲也不推托，坐下又喝了三四两。三叔看到父亲喝得不少，就让他回去休息。父亲从巷子里回去，感到头有点晕，就准备躺床上休息一下，父亲忘了一个最重要的环节，他有了间歇性高血压，大哥给他买的降压药，他只吃了一颗就扔在旁边，用父亲自己的话说：我一辈子大碗喝酒大口吃肉，从来没有什么毛病，哪有那么多讲究。也许父亲吃了药就不碍事了，也许稍微休息一下也没什么大问题，可父亲是个热心的人，堂哥家有几十袋稻子寄放在父亲的屋里，正好来了收稻子的，堂哥要卖稻子，父亲就起来了。好心的父亲还把自己当作英雄好汉，他一个人替堂哥家扛了几十袋稻子，扛完后，堂哥发了一支香烟给父亲，父亲接过香烟，从口袋里掏出打火机，打火机掉在地上，父亲蹲下身子去捡的时候，头一晕，身子一歪，一下子就倒在了地上，送到医院抢救已经没有了知觉。我回到家的时候让大哥把父亲转到其他医院，大哥说父亲不能移动了，一移动很可能死在路上。我看着打着点滴已失去知觉的父亲，守在他身边三天三夜，我多么希望父亲像以往一样，从床上坐起来，说：我怎么会有事。可是，父亲还是走了，给我留下了永远的遗憾，没有来得及让父亲多享几天的福，甚至没有让我尝尝作为一个儿子端茶送水服侍的辛苦，父亲没有留下一句话，悄悄地走了。就像父亲生前常说的那样：我将来老的时候是一倒就倒，绝不会连累子孙们，这一点上，父亲和母亲一样，他们都是预言家。

父亲走的那个夜晚，是农历五月初五端午节，恰是三闾大夫屈原投江的日子。父亲是个农民，不会天问，也不会行吟泽畔，更不会吟出"长太息以掩涕兮，哀民生之多艰"的高雅诗句。父亲不会写诗，但父亲有最好的作品——那就是我们兄弟姊妹四个。看着躺在地上的父亲，我的心中有一种异样的感觉，我觉得父亲并没有离开我们，他只是在打呼中沉睡，也许到某个地方旅游一番，再带着一块糖或几粒瓜子以及一脸的沧桑回到我们的身旁。

我家的房子长期定格在三间草屋、两间厨房的风景中。直到我工作，因为房屋有倒塌的危险，为了父亲的安全，我做出了最大的让步，让大哥把房子砌了。但不知为何，大哥自从砌了我父亲留给我的房子之后（因为我母亲在世，已经按分家的条件拿了钱给我大哥，让他另起炉灶了）却意外发了起来。我后来才想起，我父亲曾经说起过，当年砌房时曾经在房基底下埋了一些洋钱和铜板，大概有好几斗。但后来艰苦的日子里，父亲也悄悄地挖过几次，都始终没有找到，我现在的妻子有时还悄悄在我面前抱怨：你为什么不挖挖？说不定有古钱什么的。我只好淡淡一笑：肥水不流外人田嘛！

父亲没有留下一分钱遗产，父亲没有收入，只是我们子女隔三岔五地给点钱，差不多够他简单地生活而已。父亲虽然做了二十八年生产队长,但最后一年只能从村里拿几百元钱。在我上大学的时候,父亲一个人去偏僻的地方给人家看鱼塘,后来又到船厂打工,他的收入成了我上学时主要的经济来源。

工作后,我和妻子是一穷二白,我们蜷曲在一家工厂一间破旧不堪的平房里。买不起煤气灶,只好烧煤油炉子。有一次,父亲到我这儿来,看到我们的状况。父亲在酒后说了一句:"爸爸对不起你们,让你们受委屈了。"我看到妻子的眼睛里闪着泪光。她说:"爸爸,你为我们操劳了很多,也该享福了,七十多岁的人了,我们就是再苦再穷,也要养你老人家。"后来,在我们的再三要求下,父亲才来到了我们的身边。可是,这个秘密还是被我们发现了,父亲每天白天悄悄到一家煤球厂挑炭,到月底总把好几百元钱塞到我们的手里。

夏日的一个夜晚,皎洁的月光如水银般静静地流淌,我来到父亲住的厨房里,才看到父亲赤裸的身体经历了怎样的挤压,我想喊醒鼾声中的父亲,可是我还是忍住了,我悄悄地为父亲盖上了毛巾被,一个人静静地走在如水的月光下。不一会儿,出来乘凉的妻子对我说:"你跟爸爸说,让他明天不要再去挑炭了,太辛苦了,我们有工作,我们养他。爸爸为你吃了这么多年的苦,年纪这么大了,

277

还这么辛苦，我们良心上过不去呀！"父亲的钱主要用于抽烟喝酒，父亲吃菜很少，哪怕我给他准备一桌子菜，他也是吃得不多的，比我文雅多了，这与年轻时人们送给他"大嘴"的称号极不相配。

电视还没有普及的时候，父亲喜欢看电视，而且时间很长，瘾很大，经常到邻居亲戚家看。有一次，父亲在我的房间里看电视，他看着看着睡着了。我让他去睡觉，我说："爸爸，你都打呼噜了，累了去睡觉吧！"可是被我喊醒的父亲却用手抹一下嘴边的口水，强调一句："我哪里睡觉了，在看呢！"

办完父亲的丧事，我离开了大顾庄，当我回到自己的新家时，天空下起了瓢泼大雨，站在阳台上，在电闪雷鸣中，我注视着父母埋葬的方向，还有大河之上的那个人口越来越少的村庄。

5

一次在外旅行，一个人独坐在黄土高原的夕照下，落日的余晖洒满我的双肩，风里夹杂着远古凄凉的气息，苍茫之中，我似乎找到了一丝平静的安慰。然而这安慰又让我常常在夜晚醒来，呼喊着父亲的名字，仿佛父亲未曾远离，他只是到亲戚家串门去了，也许用不了多久，父亲还会回来，也许还在远远地跋涉。渐渐的我的目光里溢满千山万水的涛声，波涛慢慢平静，化作缓缓流淌的小溪。泪光朦胧中，我想起了写给父亲的一首诗。

草　帽

来自纯朴的乡间

脚掌上沾满泥土的风声

长成土地的一棵大树

走过季节的变幻迷离

承载阳光的风风雨雨

挂在墙上的草帽

如挂在墙上的父亲

他艰辛的皱纹

驻扎我永恒的凝视

逝去的时光就像风和流水，永远不再回来了。每当我想起我的祖辈父辈，想起我的童年的伙伴，想起生我养我的村庄、河流与土地，我就想起了一句话：离开故乡那天，江湖隐于浓密的树叶间，暗香浮动恰好是自己的传说！也许，我们每个人都有自己的传说，在滔滔不息的大河之上……

2018年10月10日至2020年8月10日初稿

2020年12月6日至2021年3月8日二稿

2021年4月18日三稿